GENTOSHA OUTLAW BUNKO

危険な関係
女教師

真藤　怜

幻冬舎アウトロー文庫

危険な関係　女教師

危険な関係＊目次

第一章　梅雨の日の満員電車

朝の満員電車はだれにとっても気が滅入るものだが、梅雨時はさらに不快度が何倍にも跳ね上がる。湿り気を帯びた肌と肌が触れ合ったり、他人の濡れた傘が衣服に押しつけられたり。どこからともなく漂ってくる体臭や腋臭《わきが》、二日酔いの饐《す》えたアルコール臭、洗濯していない衣服が発する汗と埃《ほこり》の臭《にお》い……思わず息を止めたくなってしまう。

麻奈美《まなみ》はS学院に通勤するため、その私鉄の路線に約二十分間乗車する。麻奈美が乗り込む駅ではたくさんの乗客が降りるが、同時に乗り込んでくるのもかなりの数だ。

その日もうんざりしながら車内に足を踏み入れた。本当はドア付近に立っていたいところだが、そうすると駅で止まるたびに一旦ホームに降りなければならないので、車内の中ほどまで進んだ。ちょうど左右のドアのまん中ぐらいでエアコンの真下だ。

今朝は雨で気温がさほど高くなかったせいか、エアコンの送風もゆるやかで一層空気が淀んでいる気がした。麻奈美の前に立っている初老の男性の整髪料の香料が気になり、何度も息を止めた。電車が揺れるたび、小柄な彼の頭が麻奈美のほうに傾いてくるので避けるために精一杯顔をそむけた。

　駅まで小走りで来た麻奈美は少し汗ばんで体が熱くなっていた。白のサマーニットのプルオーバーに包まれた豊かな胸が、麻奈美の呼吸に合わせて大きく隆起した。かなり体にフィットしたデザインで、Eカップのブラに覆《おお》われた胸の線もくっきりと目立つ。膝上丈の紺のタイトスカートも伸縮のあるジャージー素材だが、腰まわりがぴったりしてヒップラインが否応なしに強調されている。

　スカートもプルオーバーも服だけ見ればごくシンプルでどちらかと言えば地味なデザインなのだが、メリハリのありすぎる麻奈美のボディが中に入るとがらりと雰囲気が変わってしまう。朝から欲求不満でもやもやした気分の男たちの神経を掻《か》き立てるのには、十分すぎるほど刺激的だ。

　麻奈美が乗りこんだ駅からしばらくの間は、乗降客の少ない駅が続くので周りの人の動きに大きな変化はない。麻奈美の前には整髪料をべったりつけた初老の男性、右横にはサマースーツをきちんと着た長身のサラリーマン、左横にはジーンズにTシャツ姿の大学生風の若者、そして斜め後ろには、S学院と同じ駅の反対側にある公立高校の制服を身につけた男子学生が立っていた。

電車が揺れた拍子に麻奈美ははっとして目だけで周囲を見回した。だれかが麻奈美の尻を撫《な》で始めたのだ。どうやらカバンや物が当たっているわけではなさそうだ。

またた……と麻奈美は思わず奥歯を嚙《か》みしめた。おずおずと手を伸ばしてきて最初は偶然を装って手の甲だけで触《さわ》るのだが、相手の反応を見ながら次第に大胆になってくるのだ。麻奈美はこのところ期末試験の準備や何かで忙しくて睡眠時間も減らしている。寝不足で疲れきった体と頭では痴漢を撃退する気力も起こらない。

今度は少し首をひねって見渡してみたが、皆あらぬ方向を向いていたりじっと目をつぶったり、または中吊り広告に目をやったりしている。麻奈美へ視線を向けている男はひとりもいなかった。あくまでもとぼけるつもりなのだろう。

一体だれの手なの。触らないで！

麻奈美は心の中で叫んだ。だがそんな思いが通じるはずもなく、相手はさらに大胆になってスカートの上から掌《てのひら》全体でぐっと尻肉を摑《つか》んできた。

お願い、やめて……。

麻奈美は何とか体の向きを変えようとやっきになった。だが隣りのサラリーマンのアタッシェケースが邪魔して思うように動けない。すると相手は麻奈美が抵抗しないと思ったのか、次にスカートの裾をめくり、何と中に手を滑りこませてきたのだ。麻奈美は思いきり顔を歪《ゆが》めて嫌悪を表したが相手は一向にやめる気配はない。

だめよ、それ以上触らないで！

今、男の手が麻奈美の太股に直接触れている。じかに触れているので、湿った掌の感触が生々しく伝わってきた。

いやっ、もうやめて、お願いだから。

パンティのラインが見えることを嫌う麻奈美は、ヒップにフィットしたスカートやパンツの時はTバックを愛用している。これなら下着の線を気にする必要がないからだ。今朝はとても急いでいたので、パンストもはいていない。学校へ着いてからトイレでゆっくりはこうとバッグに突っ込んできたのだ。

太股をそろりそろりと這《は》っていた手はいきなり生尻に触れたので、少し戸惑ったのか動きが止まった。だがその手はすぐ、大胆にも麻奈美の尻たぶを掌いっぱいに鷲づかんだのだ。つきたての餅のような弾力と絹を思わせるなめらかな皮膚……汗ばんだ手は貼りついたようにスカートの下から動かない。本当にどこまで図々しい痴漢なのだろう。麻奈美は次第に怒りがこみ上げてきた。

だれよ、だれなの。

私を取り囲んでいるこの数人の中で、今、股間を膨《ふく》らませている男が犯人ね。パンティにもパンストにも包まれていない生のヒップを触って、密《ひそ》かに勃起《ぼっき》しズボンの前を突っ張らせているんでしょうね。うんと卑猥《ひわい》な想像をしているのかしら。

人にこんな不快な思いをさせて、許せない！

悪戯なその手はゆっくりと移動し、Ｔバックのパンティが食い込んでいる尻の割れ目に指を這わせてきた。たまたま手を伸ばしたところにあったヒップがＴバック着用、しかも触り放題とは、ずいぶん運のいい痴漢だ。

もう、いや。本当に大声をあげるわよ。

だが麻奈美の口はからからに渇《かわ》いてしまって、声は発せられなかった。

立錐《りっすい》の余地もない満員電車の中で、麻奈美は体の向きを変えるのも思うようにならず、乗降客の多い駅に着くまで我慢し続けることになる。スカートの中に手を入れられ、生尻を撫でまわされるという屈辱に耐えなければならないのだ。一体だれに触られているのか、その相手さえもわからないのだ。

駅に着く少し前、電車は急に減速しそのはずみでがくんと車体が揺れた。皆が一斉に同じ方向に体を傾けたのだが、妙な動きをした者がひとりだけいた。麻奈美の斜め後方にいた男子高校生だ。彼はあわてた様子でナイロン・バッグを両手で持ち直し、顔をそむけるようにして目を伏せた。

　同時に麻奈美の尻を触っていた手もなくなっていた。麻奈美は振り返って彼を見た。真面目そうで身ぎれいな感じのごく普通の高校生だ。髪の毛も染めていないし、きちんとアイロンの当たった白の半袖開襟シャツを着ている。

　もしかして君なの？　私のスカートに手を入れ、お尻に触っていたのは……。

　電車が駅に着き、ドアが開くと同時に怒濤《どとう》のように一斉に人が出口へと移動する。麻奈美も人の流れに逆らえず押し出されるようにドアに向かった。その時、麻奈美はふと思いついたように、男子高校生の股間をいきなり鷲づかみにした。

「あっ……」と思わず声を出しそうになった麻奈美は、代わりに息を飲んだ。

　そこは無骨に膨れ上がり、中心部は鉄のこん棒か何かを仕込んだようにこちこちに固まっていたのだ。

　男子高校生を犯人と確信した麻奈美は、彼の手首をぎゅっと捕まえた。彼はあわてて手を引っ込めようとしたが、間に合わなかった。

「痴漢ね。こっちに来なさい」

　言葉を聞き終わらないうちに、彼は逃げるようにホームを走り出したので、麻奈美はすぐさま後を追った。人混みの中、思うように逃げられなかったのか、麻奈美はすぐに彼のカバンを摑むことができた。

「逃げるなら、大声を出すわよ。そんなことされたいの？　あなた、高校生でしょ」

「………」

「初めてじゃないわね。わかってるのよ」

反応がないので、麻奈美はたたみかけるように言った。

「前にも何度か触られたわ。あなたよね」

返事の代わりに彼は肩を落とし、息をついた。

「わかったから。逃げないよ」

彼は初めて声を出し、諦《あきら》めたように目を伏せた。その表情にはどこかまだ幼さが残っている。

「駅員のところに行きましょう」

「いやだよ」

「何を言ってるの。ちゃんと話を訊いてもらうわ。あなたは罪を犯したのよ。初めてじゃないんだし、タチが悪いわ」

彼は肩でため息をついた。以前にも二、三度、痴漢に遭《あ》い、尻を触られたことがあるが、まさかスカートの中に手を入れるまではしなかった。今回はTバック下着が拍車をかけたのか、いつになく大胆だった。

「わかったよ。でも待って。その前にちょっと」

彼はホームの端にあるトイレを指さした。

「だめ、後にして」

「そういうわけにはいかないよ。我慢できない」

彼は麻奈美の手を振りきって行こうとしたので、すぐさま後を追いかけた。もっとも先にはトイレしかないホームの端に向かっているので、線路にでも降りない限りは逃げられないのだが。

麻奈美は、簡素なついたての向こう側にある男子トイレの入り口までやって来た。ラッシュの時間帯だがこの時間トイレを利用する者はいないようで、あたりに人気《ひとけ》はなかった。麻奈美は入り口付近で見張っていようと立ち止まったが、一度入って行きかけた彼がすぐに振り返り、今度は麻奈美の手首をぐっと摑んだ。

「あ、何するの」

振りきって逃げようとする麻奈美と彼が揉《も》み合い、手にしていた二人の持ち物が床に落ちた。麻奈美は足がもつれてパンプスが脱げてしまった。体のバランスを崩した途端、あっという間に一番手前の個室に連れこまれた。

「やめて。放して」

だが麻奈美は壁に押しつけられ口を手で塞《ふさ》がれた。彼はズボンのポケットから小さな折りたたみ式のナイフを取り出して、ひやりとした刃を麻奈美の頬に当てた。

「動くなよ。すぐにすむから」

麻奈美は彼の落ち着きはらった口調を耳にした途端、背中に冷たい物が走るのを感じた。彼の表情は真顔だったし声もごく普通の調子だ。だが彼は完全に居直った。痴漢行為で捕まえられたのに、被害者である麻奈美を襲ってきたのだ。

「いや……」

彼はキスしようとしてきたが、麻奈美は顔をそむけぎゅっと目をつぶった。もし執拗にキスしようとしたら、相手の舌を噛んでやるか顔に唾を吐きかけようと思った。

「そんなに嫌がるなよ。そっちも触られてけっこう感じてたんじゃないの？」

キスを諦めた彼はすぐにスカートの下に手を伸ばしてきた。パンストははいていないし、パンティもTバックなのであっけないほど簡単に麻奈美の下半身は剝き出しになった。

彼は手早くベルトをはずし、制服のグレーのズボンのファスナーを下ろした。そして麻奈美に体を押しつけるようにしながら、勃起しきった逸物の先端を繁みに当ててきた。熱く火《ほ》照《て》って、先端からは早くも粘つく汁が滲み出している様子だった。

「だめ」

かすかに聞き取れるほどの小声で麻奈美はつぶやいた。両足は固く閉じたままだ。

「お願いだから……もう、やめて」

「うるさいな」

「痴漢のことは黙ってるわ。だから……」

「黙らないとナイフで大事なアソコ、切っちゃうよ」

彼はペニスをぐりぐりと押しつけてきたが、スリットはぴったり閉ざされ、おまけに立ったままなのでなかなか進入できずに手間取った。すると彼はパンプスが脱げた片方の足を、軽々と抱えこんで持ち上げた。そしてようやく隙間のできたスリットに、ぐさりと刃を突き立ててきた。

「んんっ……」

いきなり奥深いところまで貫かれ、麻奈美は思わず呻《うめ》いた。熱く硬い肉杭は、何の準備もされず乾いたままの女肉に容赦なく打ち込まれていった。

「あ、ああ……はあ……」

彼は夢中で腰を使いながら何度も声を漏らした。打ち込みがあまり激しいので肌の触れ合う音が狭い個室内に響き、高く持ち上げられた麻奈美のかぼそい素足が抜き挿しのテンポに合わせてぶらぶらと揺れた。

麻奈美は一刻も早く彼に果ててほしかったので、逆らうこともせずされるままになっていた。痴漢を捕まえようとしたのに、逆にレイプされてしまった自分が不甲斐《ふがい》なかった。

彼はめちゃくちゃに腰を動かすので二、三度はずれて、ペニスがぽろりと女穴から飛び出すことがあった。そのたびにあわてでまた押しこむのだが、気持ちが焦るのかなかなか命中せず、そのたびに行為が中断するせいか接合は意外に長く続いた。

知らない相手、しかも高校生の痴漢に、駅のトイレで立ったまま犯される屈辱の時間は、実際はほんの五分足らずだったかもしれないが、麻奈美には三十分にも感じられる長さだった。彼の熱い吐息が麻奈美の首筋に吹きかかり、襟足を湿らせた。

「ん、またはずれた」

彼は思わずつぶやいてしまった。おそらく立った姿勢で行為に及んだことなど、初めてだったにちがいない。挿入の角度が合っていないことに気づかず、やたらに押しこもうとするのですぐはずれるのだ。

どう見てもごく普通の真面目そうな生徒だし、ナイフを持っていたのは単に護身用だったのかもしれない。麻奈美は、動物のように夢中で腰を動かしている彼が次第に哀れになってきてしまった。

「あっ、あっ、あああ……」

彼の動きが一瞬緩《ゆる》んだかと思ったが、次の瞬間猛烈な勢いでピストンが再開された。まるで焼けた鉄杭で柔肉を突つきまわし、痛めつけているようだ。

「……うう、出そうだ」

彼はその瞬間、麻奈美の体をぎゅっと抱きしめ、首すじに顔を埋めた。ずっしり重い体が麻奈美にのしかかり、どくんどくんとペニスが脈打っている感じが伝わってくるようだった。彼は肩で何度も大きく息をついていた。

収縮し始めたペニスがぬるりと外に出てきたので、麻奈美は彼を押しのけるようにして個室を出た。急いでパンティをつけ、靴を履き、床に落ちたままになっていたバッグを拾い上げ、後ろも振り返らずにトイレを出た。そしてちょうどホームに入ってきた電車に飛び乗った。

いつもは八時半の授業開始にはかなり余裕をもって登校する麻奈美だが、きょうはアクシデントのおかげでぎりぎりになってしまった。だが一時間目に授業がないのが幸いだ。

麻奈美は小走りで追い越して行く生徒たちの後ろ姿を見送りながら、ゆっくりと学校に向かった。きょうはもう休んでしまおうかと思ったが、ひとりで部屋に戻るのも億劫だったのでとりあえず学校に来てしまった。

「先生、おはよう」

「あら、星川《ほしかわ》くん」

信号待ちをしている時に後ろから声をかけてきたのは三年の星川大樹《だいき》だ。他の生徒たちのように急ぐ様子もなくのんびり歩いている。

「先生、きょういつもより遅くない？」

「ええ、ちょっと。忘れ物を取りに帰ったから。でも一時間目は授業ないのよ」

「いいなあ」

「あなたこそ、急がないと遅刻よ」

「今から急いだってどうせ遅刻だもん。走るのかったるい」

大樹は起きてすぐに家を出たのか、髪には寝癖がついたままだった。身なりも少々だらしなく、シャツにはアイロンが当たっていないし、靴も汚れたままだ。それでも彼の笑顔はまぶしいぐらいに輝いて見えた。先ほど麻奈美をレイプした少年と同じ年頃なのに、彼のようにくすんだ表情がまったくない。

「二人でつるんで遅刻したら、まずいかな、やっぱ」

「まずいわよ。私、教師なのに立場がない」

だが言葉とは裏腹に、麻奈美はこのまま大樹と二人でどこかへ行ってしまいたい衝動に駆られた。あのような忌まわしい出来事を忘れるには、彼のような若くて健康で、単純に明るい相手がふさわしい。

「先生、このままフケちゃおうか。二人で」

まるで麻奈美の気持ちを読んだかのような彼の発言に、思わずはっとして大樹を見上げてしまった。

「そんな。どこ行くのよ」

「ん、ホテルとかさ」

「いやあね」

大樹と関係を持つようになって何カ月も経つし、幾度となくホテルにも行っている。できればこのまま二人でどこかのラブホテルにしけこんで、嫌な出来事を忘れるぐらい狂ったようにセックスしたいものだ。

「俺、眠くて」

「なんだ、昼寝のため」

「心地よい眠りのためには適度に激しいセックスと、柔らかくてあったかい女の体が不可欠なんだよ」

「つまらないこと言ってないの」

「朝から学校なんて、さえないな」

「朝行かなくて、いつ行くのよ」

「うー、先生と思いっきりヤリてぇ〜。俺、先生とするセックス大好きなんだ。ねえ、またホテルに行って、オールでヤリまくろうよ」

「しっ、聞こえるわよ」

「一晩に何回できるか挑戦したいんだ。腰が抜けるほどヤリてぇ」

「ガールフレンド、いっぱいいるんでしょ」

「そんないないよ。ほとんどはその場限りのヤリマン女だし」

そうこうしているうちに、二人は校門まで来てしまった。もう踵《きびす》を返すことはできない。

「予鈴、鳴ったわよ。早く行きなさい」

「じゃあねー」

別れぎわに大樹は麻奈美の腰のあたりをさっと撫でた。大樹になら自分からすすんで尻を差し出し、いくらでも振ってやるのだが。麻奈美は未練がましく彼の後ろ姿をいつまでも見送っていた。

一時間目は受け持ちの授業がないので、麻奈美は自分の席で下調べをすることにした。だがしばらく机に向かっていても一向に集中しないので、席を立ちトイレに行った。

　この学校のトイレは掃除がゆき届いて清潔なので、つい長居したくなってしまう。麻奈美はだれも入っていない教職員用の女子トイレの、一番奥の個室にこもった。Tバックのパンティを下ろし、便座に腰かけた。あんなことがあった後なので、本当はシャワーを浴びたいぐらいだが学校ではかなわない。きょうはプールの開放日ではないのでシャワー室は使えず、家に帰るまで体を洗うことはできないのだ。

　便座に腰を下ろしてから下腹に力を入れると、壺口からぽたっと濃い白濁液が便器の上に落ちてきた。あの男子高校生のザーメンが今ごろ出てきたのだ。青臭いような匂いが鼻をつく。ずいぶんたっぷりと放出したようで、まだ体内に残っているのか粘っこい糸を引いている。すっかり掻き出し、きれいに洗い流したいぐらいだ。ウォシュレットもないのでペーパーで丁寧に拭《ぬぐ》うしかなさそうだ。

　実は麻奈美がレイプされたのは、これが初めてではない。S学院に来る前に公立高校で教諭をしていた時にも一度ある。

　数人の男子生徒に襲われ、顔にニット帽をかぶせられ保健室に連れこまれて犯されたのだ。三、四人がかりで麻奈美を押さえつけ、抵抗できないように両手をガムテープでぐるぐる巻きにした。パンティは引き裂かれ、ブラウスのボタンも引きちぎられ、胸と下半身をあらわにされてからベッドの上で陵辱を受けた。彼らは、必死で閉じようとする麻奈美の両膝を力まかせにこじ開け押さえつけ、勃起しきったペニスを無理やり女唇にねじこんだ。体がずり上がっていくほど激しいピストンの最中も、麻奈美は歯を食いしばりひたすら終わるまで堪えた。

おそらく全員でかわるがわる犯すつもりだったのだろうが、ひとり目が終わったところで隣りの部屋に人の気配がしたのであわてて逃げて行ったのだ。忌まわしい記憶として今でも鮮明に覚えている。

だが麻奈美はその後、自分を犯した生徒と関係を持つことになる。彼のほうから進んで近づいてきたとはいえ、麻奈美は彼の肉体とセックスにたちまち夢中になってしまった。ほんの一時期とはいえ、その生徒と貪《むさぼ》るようにセックスをして身も心も楽しんだ。そのことでレイプの仕返しができたと、自分なりに納得したかったのかもしれない。

それにしてもけさの出来事はあまりにも強烈でよく思い出せないほどだ。初めは麻奈美が彼を捕まえて優勢だったのに、あんな小さなナイフひとつで立場が逆転してしまい……狭いトイレの個室で、立ったままで犯された麻奈美は自分の甘さと無力さを実感していた。

二時間目から四時間目までは続けて授業があったので、思い出している暇もなかった。質問にやってくる生徒の対応などで、十分間の休みも取れないほどだった。

だが昼休み、麻奈美は昼食もそこそこに教頭の榊《さかき》に応接室に呼ばれた。教頭の部屋ではなく、わざわざ応接室というので嫌な予感がしたが、とりあえず向かった。彼に対してもやはり、麻奈美は逆らえない事情があるのだ。

「さ、早く、そっちへ。時間がないんだ」

待ちかまえていた榊は、麻奈美をソファに座らせるとすぐにドアの鍵をかけた。そう、ここは他の部屋と違って中から鍵がかかるのだ。

「何のご用でしょうか」

麻奈美はソファに浅く腰かけ、すぐに立ち上がれる姿勢で榊を見上げた。

「決まってるだろ。お前に用事といったらほかでもない」

「私、きょうはちょっと気分が悪くて……」

「ふんっ、お前には嫌という権利はないんだよ」

榊は麻奈美の隣りにぴたりと座り、麻奈美の手を取りいきなり股間に誘導した。

「いやっ。こんなこと、もう嫌です」

麻奈美は汚いものでも触ったように、ぱっと手を引っ込めた。

「生徒に手を出した罰だ。理事長に知られたら、一体どうなると思う？　お前さんの首ぐらい簡単にとんでるよ」

麻奈美はある男子生徒と関係があったことが榊にバレて、それ以来ずっと彼に脅されているのだ。今はもうすっかり別れてしまったが、麻奈美も彼に恋愛に似た感情を抱いていた時期もあり、ごく自然の成り行きで結ばれた。

「俺のところでとどめてやっているんだからな。両親にも知らせてないし」

「感謝してます」

その生徒は両親が仕事で日本を離れていてひとり暮らしをしていた。大変真面目な生徒で、麻奈美のことを本当に慕《した》い、結婚したいとまで言い出したほどだ。麻奈美は彼の家を訪れて、激しくセックスした。家政婦に見られたことはあったが、幸い彼の親には知られなかったようだ。

「あんまり破廉恥《はれんち》なことがバレたら学院の名にも傷がつくからな」

「でも、榊先生だってロリコン趣味が……」

「うるさいっ、そんなことは関係ないんだ。余計なことを言ってないで、さっさと始めなさい。こっちは時間がないんだから」

全部言い終わらないうちに榊はズボンのファスナーを下ろし、ぐにゃぐにゃの肉塊を取り出した。そして麻奈美の頭を無理やり股間に押しつけてきた。

「いつまで続くんですか、こんなこと」

「お前のスケベ根性がなくなるまでだ。淫乱な女教師め」

麻奈美は諦めたように榊の股間に顔を突っ伏し、まだ縮こまっている逸物を口に含んだ。もう何度もさせられているので以前ほど抵抗はなくなったが、やはり好きな男のモノではないのでどうしても機械的に口を動かすだけになってしまう。口中の肉塊はすぐに刺激を受けてむくむくと力をつけてきた。

「うむ……もう少し丁寧《ていねい》に舐《な》めろよ」

「……そんな、できません」

「嘘つけ。生徒にはもっとサービスしたんだろう。お前みたいな女がただしゃぶるだけのはずがないんだ。若い男のちんちんがそんなにいいのか。え？　さあ、こっちへ来なさい」

ソファにふんぞり返るように座った榊は、麻奈美を両足の間に跪《ひざまず》かせ口技を強要した。唾液で濡れ光った赤銅色《しゃくどういろ》のペニスは天井を向いてしっかりと屹立《きつりつ》し、再び麻奈美のふっくらした唇にとらえられるのを待っていた。

「そこの溝のところを舌の先でツンツンつつくようにして舐めてくれ……小刻みにひらひら動かして、そう……」

麻奈美は榊の指示に従い、言われるままにしていた。下手に逆らうよりおとなしく命令に従って早くいかせたほうが、結果的には早く済ませられることを経験で知っているのだ。口の中で力をつけた肉棒を、麻奈美はひたすらしゃぶり続けた。

彼はフェラチオにこだわりがあるのか、指示は細かく顔の角度まで指定してくる。いちいち従うのは骨が折れるが、逆に彼が要求することだけをしていればすむのだ。

「亀頭の先の切れ目をちろちろ舐めて……ああ、くすぐったいな。次はそこだけくわえて……吸って。もっと強く。音をたてて吸うんだ。そう、チュバチュバと……うむ、今度は幹を舐めて。大きく舌全体を使って、丁寧に舐め上げるんだ」

榊は目を閉じ、うっとりと麻奈美の技に酔っている様子だった。

「こら、顔が見えないぞ。ちゃんとこっちに見せろ」

麻奈美はあわてて顔を覆っていた髪の毛を耳にかけた。目をつぶっていても、時折ちゃんとチェックしているのだ。

「こっちを見ろよ。しゃぶったままで」

奥深くくわえたまま、麻奈美は視線だけ上げてちらりと榊を見た。彼は唇の端に冷たい笑みを浮かべ見下ろしていた。麻奈美を言いなりにさせて、さぞ満足だろう。

「ふんっ、お前もヤリたくなってきたんじゃないのか？　顔が赤くなってきたぞ。お前、フェラしてるうちにむらむらしてその気になるんだろ。喜んで自分から尻を差し出すんじゃないのか？」

麻奈美は返事をせず、目を伏せて舐め続けた。榊は手を伸ばして麻奈美のスカートをウエストまでするっとまくり上げた。もう何をされても麻奈美は抵抗しないことにした。

「なんだ、これは。ずいぶんいやらしい下着をつけてるな」

彼はTバック下着を目の当たりにして、ぎょっとした顔をして見せた。

「ほう、ケツが丸見えじゃないか」

彼はこの種のパンティを見たことがないのか、とても驚いたように叫んだ。ロリコン趣味の榊は、アダルトな下着を目にする機会が少ないのかもしれない。

「ううっ、うんんん……」

麻奈美は言葉にならない低い呻き声をあげた。極端に生地を節約したようなパンティをはいたまま、彼は剝き出しの尻たぶをじっくりと撫であげた。

「ああ、だんだんよくなってきたぞ。今度はくわえたまま舌を絡ませて……そうだ。うう、感じるな。お前のフェラもだいぶ上達してきたぞ。こんなにサービスされたら、高校生はたまらんだろうな。すぐにピュッピュッと出しただろう。それを一滴残らず飲んでやったのか？　ん、どうだ」

その通りよ。美味しくいただいたわ。やっぱり若い子のザーメンは、フレッシュで味がちがうのよね。

可愛い男子生徒には、もっとスペシャルなサービスもしてあげたのよ。お尻の穴まで舐めしてあげたんだから。あの子、初めての経験だったらしくて、死ぬほど喜んでたっけ。お尻もきれいで……まだ毛がはえてないのよね。

おじさんのはだめ。汚いから舐めてあげない。たまにさせられることもあるけどヘドが出そうになるの。

麻奈美は黙って、せっせと舌を使いながら心の中でつぶやいていた。

「おい、そっちの……タマも舐めてくれ」

そろそろ終わると思っていた麻奈美はがっかりしたが、言われた通り素直に肉袋を口に含んだ。ぶよぶよして毛だらけで決していい感触ではないのだが、精一杯頑張った。

「うむ……お前は何だってやるんだな。本当にスキ者だ」

無理やりさせているのは誰よ、と言い返したかったが、麻奈美は黙って奉仕を続けた。ここで逆らってみても、イクまでの時間が延びるだけなのだ。

「うう、もう一度くわえて……根元まで深く！　もっと、喉につかえるぐらい奥まで！」

榊の口調が荒くなってきた。あともう少しのがまんだ。

「おおっ、そのまま、強く吸いこんで！」

麻奈美は口の中を真空にして、ゴツゴツした肉棒を吸いあげた。

「ん、うぐっ」

麻奈美はむせて涙を浮かべながらも、必死でしゃぶり続けた。

「あああっ……」

その瞬間、麻奈美はあわてて口を離したが、奥深くくわえていたせいで抜くのに時間がかかり、その間に彼は発射してしまった。

「ちゃんと飲めよ」

途中で抜いたので、飛沫の一部が麻奈美の顔にかかってしまった。

「だって……」

麻奈美は手の甲で汁を拭いながら言った。激しい口技のおかげでローズ色のルージュはすっかり落ちてしまった。

「だめじゃないか、途中で離して」

「す、すいません」

「全部飲まなかった罰として、こいつをいただいておこう」

榊は麻奈美のパンティに手をかけ、勢いよく引き剝《は》がした。クリーム色の、ヒモとレース地だけでできたような、ごく小さいTバック下着だ。

「あ、何するんです」

「預かっておくからな」

「あの、私、次、授業なんですけど」

「何もスカートまで脱げと言ってるんじゃない」

「返してください。お願いです」

「だめだ」

「だって、授業に集中できません。困ります」

麻奈美は本気で懇願した。スカートをはいているといっても膝が全部見える短めの丈だし、かなりタイトなデザインなのだ。

「午後はノーパンで授業だな」

「そんな……」

「どうせこんな破廉恥な下着、つけていないも同然じゃないか、ん？　後ろから見たらケツ丸出しで、何もはいてないのと同じだよ」

「ちがいます。スカートの上からパンティのラインが見えないように、Ｔバックにしただけなんです。今はおしゃれで、こういうのはくんです」

「言い訳するな。お前はどスケベな女教師だよ。学校にこんなものはいてきて」

「普通の女の人でもはいてます」

「これ、ほとんどヒモとスケスケの生地だけでできてるじゃないか」

榊はTバックのパンティを広げてしげしげと眺めた後、紙くずのように小さく丸め、上着のポケットの中に収めた。

「うむ、こっちに入れるのも、いいかもしれないな、ははは」

ふと思いついたように、胸のポケットに入れ直し、レースの部分をわざと見えるようにするとポケットチーフのようになった。

「やめてください。お願いだから、返して」

「だめだ。お仕置きだと言っただろ」

「そんな……」

「じゃあ、風邪ひかないように」

応接室の鍵を開けると彼はひとりでさっさと出て行ってしまった。昼休みはもう残り少ないので麻奈美もあわてて後に続いて出た。

蒸し暑い気候だったが、股間だけはすうっと冷たい風が吹いていくような気がした。パンティを剥ぎ取られたまま、麻奈美は教壇に立つことになった。後ろを気にしながら階段を上り、授業のある教室に向かった。

第二章　ノーパン先生

午後は二時間続けて授業があった。麻奈美はそわそわと落ち着かなくて、何度も腰のあたりに手を当ててみたりした。板書する時がいちばん気になって、なるべく後ろ向きにならないよう、すぐ前に向き直ったり斜めの姿勢でチョークを握ったりしてごまかした。

以前勤務していた公立高校では、板書している最中に棒のような物を使って後ろからスカートをまくられたことがあった。フレアスカートは腰のラインが目だたない代わりに、ひらひらしてめくられやすいという欠点があるのだ。その点、タイトスカートなら心配ないし、階段の下からも覗《のぞ》かれにくいのだが、ヒップの形がくっきり出てしまうことも確かだ。

本当にスカートという衣服はやっかいな代物だ。余計な気を遣いたくないという理由で、学校にはパンツしかはいてこない女性教諭も多いのだが、麻奈美はそれでもスカートが好きなのだ。

股のあたりが妙に風通しよすぎるのだが、午後はだいぶ蒸し暑かったのでさほど気にならなかった。けれども教壇に立ってすました顔でリーダーの教科書を読んでいる女教師がノーパンと知ったら、生徒たちはどんなに驚くだろう、と想像してみた。

教壇の上で椅子に腰かけ、わざと大袈裟に足を組んでみたりしたら……何かの映画で女優がして見せたように、高々と足を組み替えるのだ。タイトスカートの隙間から、黒々としたヘアが覗くことは確実だ。そうやって少し刺激してみたい生徒や同僚の教諭がいることも確かなのだが。

そんな余計なことが頭をよぎったおかげで、二時間ともあまり授業に身が入らなかった。

とりあえず機械的に仕事をこなした後は、榊にパンティを返してもらうため、チャイムが鳴るとすぐに教室を出た。

「先生、ちょっと」

急ぎ足で歩いていると、ふいに後ろから声をかけられた。振り向くと大樹が英語の教科書を手に立っているではないか。

「何か?」

「あのー、ちょっと、きょうの授業で質問なんですけど」

人前ではあくまでもよそよそしく振る舞うことが取り決めだ。

「え、どこ? あら、ここは暗いわね」

「それじゃ、こっちに……」

大樹は目配せして目の前の美術室に麻奈美を誘いこんだ。電気が消えていて人の気配はなく、他の教室と違ってそこだけひんやりした空気が漂っていた。二人は部屋の隅にある棚の陰に隠れるようにして立った。

「だいじょうぶなの、ここ」

「平気、平気」

そういえばきょう、美術の教諭は病欠していた。

「早いとこ済ませようぜ」

「いやあね、何するのよ」

「またまた、とぼけちゃって」

大樹はカムフラージュのためだけに手にしていた英語の教科書を机に置くと、すぐさま麻奈美の着ていたサマーニットの裾をまくりブラのホックを器用にはずした。固い殻に覆われていた白く柔らかい乳房がぷるんと現れた。豊かに実った新鮮な果実を思わせるようなふたつの肉丘に、大樹は遠慮もなしに手を伸ばしてきた。

「きょうはなんか、体の線がすっげえよく出る服だったよな。俺、授業中、思わず興奮したよ。立つかと思った」

「あら、そう」

「絶対、膨らませてる奴、何人かいたと思う」

大樹はもう我慢できないといった様子で乳首に吸いついていった。

「だめよ。こんな所で、見つかったらどうするの」

「平気だって」

大樹は掌全体で乳肉を揉みこむようにしながら、ぷっくりと膨らんだピンクの蕾《つぼみ》を舌先で転がして弄《もてあそ》んだり、唇に挟んで吸引したりした。

「あっ……だめぇ」

麻奈美は思わず感じてしまい、大樹の頭をぎゅっと胸元で抱きしめた。胸を愛撫されるのは大好きだし、男がうっとりと自分の乳を吸っているのを眺めるのも好きだった。

大樹は乳房にしゃぶりつきながらも、スカートに手を伸ばしするすると裾をまくり上げてきた。

「あれっ、はいてない」

いきなり目に飛びこんできた黒い恥毛に驚いたように叫んだ。

「どうしたの。パンティ、はいてないんだ」

「あ、そう……そうなの。実は、トイレに行った時、焦《あせ》って引っ張り上げたら、脇のヒモが切れちゃって……はけなくなったのよ」

「へえ、じゃあ、さっきの授業、ノーパンのまんまで？」

「ええ、そうよ」

「ひえっ、やらしい。すっげえ、エッチだな。そのこと、だれも知らないんだよね」

「当たり前でしょ。私だって何とかしたかったけど、授業放り出してパンティなんか買いに行けないし、予備のパンティ持ってる先生がいるわけないし」

「頼まれれば喜んで買ってきてやったのにぃ、先生のパンティ、ハハッ」

大樹はからかいながらも手は動かし続け、細い指先で器用に乳首をつまんだり転がしたりしていた。

「やめて、おもちゃにしないでよ」

「これ、おもちゃだもん、俺の」

「じゃあ、さっきみたいにして」

麻奈美は教え子に向かって胸をぐっと突き出し、ピンク色の尖《とが》った先端を口に含んでくれるようせがんだ。彼はすぐさま吸いついたが、同時にズボンのファスナーも下ろしていた。

「がまんできない。早く入れたい」

「ここで？」

「すぐ終わるからさ」

大樹は麻奈美を壁に押しつけながら、麻奈美の腹にペニスをこすりつけてきた。すでに勃起しきって力強く脈打ち、少し湿り気を帯びて生あたたかかった。何度見てもほれぼれするような見事なたたずまいだ。

「立ったままはイヤ」

「いいじゃん、すぐだから。あっという間だよ」

「せめて座りましょ」

朝のレイプを思い起こさせる体位は避けたかったので、麻奈美は急いで椅子を二つ向かい合わせに並べた。

「どうすんの、これ」

大樹は面倒くさそうに言った。体位など何でもいいから、とにかく一刻も早く逸物をどこかに収めて暴れたいといった態度だった。

「ここに腰かけてよ」

まず彼を座らせ、その上に向かい合うようにして麻奈美は腰を沈めた。タイトスカートはウエストまでたくし上げ、下半身が剝き出しの状態で大樹の上に尻を落とした。ペニスの根元をひょいと摑み自らの入り口にあてがって、じらすようにそっとスリットに擦りつけた。

「ああ、だめだよ、先生。早く入れちゃって」

「ふふっ、そんなに焦らなくても大丈夫。ちょっとだけいたずらさせてよ」

麻奈美はさもいとおしそうに幹をさすり、先端を女穴に押し当てた。

「うう、がまんできないよ。先生、突っ込みたいっ」

「あら、もう……あううっ」

大樹が腰をぐんっと突き上げると、肉棒はいきなりずぶりと挿さって麻奈美を貫いた。

「だめよ、そんな急いだら……少しずつ、ゆっくり入れて」

「無理だよ。こんなにじらされちゃ……もうたまんないんだから」

ずんずんずんっと、大樹はリズミカルに腰を突き上げてきた。激しい動きにペニスがはずれないように、麻奈美のウエストをがっしりと押さえることも忘れていなかった。

「だめだ。こんなに動かしたら。すぐに出ちゃいそうだ」

「じゃあ、吸って……」

麻奈美は大樹の上に跨《また》がったまま、ブラジャーとプルオーバーを同時に勢いよく脱ぎ捨てた。そして完全にむき出しになった乳房を彼の顔の前に突き出した。彼は柔らかく豊かな肉山に顔を埋めるようにしながら、おとなしく吸い続けた。

「ああん、気持ちいいわ」

麻奈美はうっとりした表情で、自分から腰を揺すり始めた。大樹のモノをすっぽりと収めた形のいい尻をくいくいと上下に振った。

「あ、すごい……感じる、感じる……あふうっ」

長い棹の先端が子宮に当たって刺激しているようで、麻奈美はひどく興奮していた。

「先生、だめだ。そんなにしたら、がまんできなくなる」

だが麻奈美は大樹の言葉など耳に入らないといった様子で、自分から激しく腰をグラインドさせてきた。

「出して。このまま私の中で出しちゃって、思いきり」

「あああ……先生、いくっ、いくよ」

二人の動きがぴたりと止まった。人気のないひんやりとした美術室の中で、そこの空気だけが異様に熱かった。

「ああ、気持ちよかった。先生、すげえ、やけにのってたね」

「あら、そうかしら」

麻奈美が体を離した拍子に、力を失い始めたペニスがぽろりと女穴から抜け落ちた。だがまだ十分な長さだし、収縮が始まっているとはいえ、こぶりのバナナぐらいの大きさは十分にある。

「その子が暴れるんだもの、私の中で」

二人はようやく椅子から立ち上がって身支度を始めた。こういう時間はどこか気まずいものだ。

「先生は俺より、こいつが好きなんだよな。こいつのせいで俺と続いているんだろ」

「あら、そんなこと……」

大樹にずばり言い当てられて麻奈美は少し焦った。もちろん彼のことは可愛いと感じているが、何といっても惹《ひ》かれるのはその持ち物だ。十八歳のペニスは、ただ若いというだけでなく、そのサイズも堂々としたたたずまいも、色艶や形さえうっとりするようなモノだ。

「もう二度と会わないわ、これが最後よ……とか何とか言いながら、いまだに続いてるもんな、俺たち」

「悪かったわね」

「俺はいいよ。先生とヤルの、すごく気持ちいいから大好きだし。できればずーっと」

「そういうわけにはいかないのよ」

「しっかしこれだけ頻繁にやってるのに、よくバレないよな」

そうなのだ。大樹とのことはまだだれにもバレていないが、もしも知られたら確実にクビになるだろう。

「私、先に出るわよ」

「うん。先生、次の授業の時もノーパンできてよ」

「いやあね。そんなことあるわけないでしょ」

麻奈美は様子をうかがった後、こっそりと美術室を出た。早く榊のところへ行ってTバック・パンティを返してもらわなくては。

急いで職員室に戻ってみたが、榊はいなかった。しばらく待ってみたが、なかなか姿を現さないので近くの教諭に訊いてみると、来客といっしょに学校を出て、きょうは戻らないらしい。

麻奈美のTバックはまだ彼のポケットに入ったままなのか。それともどこかに捨てられたのか……いずれにしてもきょうは返してもらえない。仕方なくノーパンのまま帰宅するために席を立った。

「きょうは早いんですね」

玄関で靴を履き替えていると後ろから声をかけられた。

「あら、遠山《とおやま》先生」

遠山は同じ英語の教諭で、麻奈美が一番頼りにしている男だ。

「僕もきょうは早めに帰ろうと思って。どうも調子悪くて」

「風邪がはやってるみたいですよ」

「いや、風邪というより……飲みすぎで」

二人はいっしょに校門を出て駅までの道を歩き始めた。部活を終えて帰る生徒たちの姿もちらほら見える中、二人で肩を並べて歩いているだけで噂になりそうだが、遠山は一向に気にする気配もない。

一度は彼を誘惑してみたが軽く袖にされ、かなりショックを受けてしまったが、どうやら嫌われているわけではなさそうだ。再度チャレンジしてみたいのだが、彼の場合はかなり戦略を練らないと普通の男のようには落とせそうもない。

「遠山先生って、お酒はかなりお好きなんですか？」

「ん、まあ……それほどでもないんですけどね。プライベートでちょっと嫌なことがあったもので」

「そういう時のお酒は悪酔いしますよね」

一体どんな嫌なことがあったのか、酒でも飲みながら聞き出してみたいところだ。

麻奈美がなぜそこまで彼にこだわるかといえば、理由はただひとつ。その体だ。学校のプールで放課後泳いだ時に目にした、小さなビキニパンツに包みきれないほどの股間の隆起。あれを何としても生でじっくり見てみたい。それに麻奈美と年齢的にも釣り合うような、独身男性とつきあいたいという気持ちもある。最近の麻奈美の男性関係は、高校生か中年ばかりだったからだ。

「いやあ、けっこう深酒しちゃいましたよ、久々に」

「まあ、よほど大変なことがあったんですね」

「単純な話ですよ、つきあってた女にふられたんです」

「あらあ……」

一瞬目が合ったが、彼から視線をはずした。

「私でよければお話、お聞きしましょうか?」

「いや、やめときます。きのう深酒したからきょうはおとなしく帰ります」

「そうですね。それがいいかも」

それでも女にふられた話をわざわざ麻奈美にしたのだから何かしら期待がもてる。

二人は同じ路線を使うので途中駅までいっしょだ。ホームに行ってみるとまだラッシュ前なのにやけに人で混んでいる。アナウンスによるとどうやら信号機が故障し、復旧するには時間がかかるらしい。

「運が悪いな」

「どうします?」

別の私鉄を使って乗り継いで帰る方法もないわけではないが、乗客のほとんどがその私鉄に乗ることを考えると相当に混みそうだ。

「私、きょうはちょっと、混んでいる電車にはどうしても乗りたくないんです。でも遠山先生はどうぞいらして」

「どうしたんです？　何かあったんですか？」

麻奈美はけさ痴漢に遭ったことを簡単に話した。相手は高校生で、初めてではないことも。だが、もちろんその後、トイレで起こったことまでは話せなかった。

「ひどい奴だな。そいつはあなたが騒がないのをいいことに、図に乗ってるんですよ。けしからんな。いつも朝、何時ごろに乗ってるんですか？　車両はどのあたりです？」

麻奈美が質問に答えると、遠山は同じ電車に乗ってくれると言ってくれた。

「実に許せない野郎だ、高校生のくせに……ああ、もちろん年齢に関係なく、卑劣な行為そのものが許せないですよ。よし、僕がガードしてあげます」

「まあ、ほんとですか？　それは頼もしいです。でもご迷惑じゃ……」

「何を言ってるんです。あなたが男といっしょにいるだけで、相手は絶対に寄ってきませんよ。もっとも捕まえてやりたい気もしますけどね」

遠山は急に騎士道精神に目覚めたかのように胸を張って言い切った。来週の月曜からさっそく同じ電車の同じ車両に乗ってくれると約束してくれた。

朝の満員電車で遠山といっしょに通勤できる……それだけで何かしら胸がときめく。確かに痴漢に遭って嫌な思いはしたが、おかげで彼と接近できそうだ。

私鉄に乗って帰るという遠山とは別れて、麻奈美は駅に隣接するショッピングセンターに入って行った。そこで少し時間をつぶし、電車が復旧するのを待とうと思ったのだ。

だが、エレベーターを待っている間に、最上階にある映画館に入ることに決めた。以前から見たかった映画の上映期間が終了間際であることと、今から入ればちょうど次回の上映に間に合うとわかったからだ。

窓口で切符を買い、後ろのほうの席に座って改めて気がついた。遠山に会ってすっかり忘れていたのだが、まだノーパンの状態だったのだ。彼と出会わなければショッピングセンター内の下着売り場に行くつもりだったのだが。慣れてしまえばそれはそれで快適だ。

開始時間ぎりぎりに入ったのに場内は空いていて、客の姿はまばらだった。間もなくするとあたりが暗くなりCMと予告の後、映画が始まった。麻奈美の前後に人の気配はなかったので、ゆったりと鑑賞することができた。

本編が始まって何分もしないうちに、後ろのドアからひとり客が入ってきた。しばらく立っているようだったが、麻奈美の隣りの席にやってきた。

「……あら、どうして？」

麻奈美は驚いて口に手をやった。やって来たのは何と遠山だったからだ。彼は、しーっと唇に指を当ててから黙って隣りの座席に腰かけた。

映画は芸術性の高い内容だったが、テンポが遅く麻奈美は少し退屈していた。隣りの席の遠山も同じなのか、しきりに座り直していた。そのうち、偶然麻奈美と彼の手が触れた。軽く接触しただけだったが、麻奈美はすぐに手を引っこめたのに対して、彼は逆に伸ばしてきた。すぐさま麻奈美の膝の上に到達し、次にスカートの中に入ってきたのだ。

麻奈美はおそるおそる遠山に視線をやったが、彼は何喰わぬ顔でスクリーンに見入っていた。だが手は明らかにスカート内に進入してきている。

麻奈美は足を組み直し、ちらりと彼に目をやった。それでもやめないどころか、ますます奥へともぐりこんできた。

「……やめてください」

そんな言葉も気にとめない彼は、ぴたりと閉ざした麻奈美の内股をこじ開けるように割りこんできた。このままでは彼の指はすぐ繋みに到達してしまう。

「ああ、だめよ」

麻奈美は必死で膝を閉ざしたが、彼は強引だった。

「これは……すごいな。はいてないんですね」

何の言い訳もできなかった。たまたまはいていない、とは言えないし榊にパンティを取られたことも話せない。

遠山の指は、やっとたどり着いた秘部の縮毛をまさぐっていた。麻奈美は狭い席の範囲内で体をよじるようにして避けようとしたが、彼の手はますます大胆になってきた。

「だれかに、こうしてもらいたかった。そうでしょう？」

耳元に唇をつけるようにして彼は囁《ささや》いた。

「ち、ちがいます。これには訳が……」

「痴漢に遭うのも無理ないな」

「それとは違うんです」

「どう違うんだ」

鼻で笑いながら、彼は指先をスリットにもぐりこませてきた。フリルを器用にめくり、強引に進入しようとしている。

「や、やめて……」

「ほう、もう十分濡れてるじゃないですか」

遂に人さし指が女穴に挿入されてしまった。何の抵抗もなくずぶずぶと進入し、すぐに第一関節まで飲みこまれてしまった。さらに残りの指が敏感な真珠粒を探っている。

「いや。お願いだから、やめてください」

「でも感じてるだろ」

「そんなこと」

「こんなにぐっしょりなってるよ」

遠山は一旦指を引き抜き、麻奈美の顔の前にかざした。それは女液にまみれ、ツンと鼻をつく匂《にお》いを放っていた。

「ああ……」

麻奈美は思いきり顔をそむけたが、彼は麻奈美の手を掴んで自分のほうに引き寄せた。

「触って」

ズボンの上からでもはっきりと膨らみは確認できたが、遠山は素早くファスナーを下ろしその中へ麻奈美の手を誘導した。

「すごいだろ、これ」

言われるまでもなくそれは石のように硬く焼けた鉄のように熱く、しかも極太だった。表面を撫でただけで、血管がびくびくと浮き出ているのがはっきり確認できた。傘の部分がぷっくり大きく張り出し、メリハリのきいた理想的な形で長さ太さも十分にある。

「もっと力を入れてしっかり握って」

麻奈美の華奢な手の中で、それはカッカと熱を発し、今にも爆発しそうなほど最大に膨れ上がっていた。

「ふふん、だんだん欲しくなってきたでしょう」

「そんな……ああ」

「恥かしがらなくたって。今、確かめてあげるから」

遠山は椅子からするりと降りると、麻奈美の足元にしゃがみこんだ。そしてスカートを押し上げ、剝き出しになった股間に顔を突っ込んできたのだ。

「何するんですか、やめて」

麻奈美は彼の頭を押しのけようとしたが、すでに両腿の間にしっかりと入りこんでいた。彼は局部に唇を寄せ、器用に舌を使って柔肉をすくいあげる。

「あ、あああ……やめて」

やめて、というのが口先だけであることは遠山にはお見通しだ。なおもぐいぐいと執拗に顔を押しつけてくる。

「もっと、足を広げて……膝をたてるんだ。こうやって」

遠山に言われるまま、麻奈美は膝を抱えこむようにして踵《かかと》を自分の座席の肘掛けに乗せ、大きく開脚した。女唇がぱっくりと口を広げる。

「そう、いいね。竹本《たけもと》先生のご開帳だ」

「はあっ、やめて」

「恥かしいのか？　すぐに恥かしいのも忘れるよ」

「いやぁん」

麻奈美は顔をそむけたが、膝は大きく広げたまま剥き出しの性器をさらしていた。いくら暗闇の中とはいえ、スクリーンの画面が明るくなると麻奈美の破廉恥な格好も、ぬめった女肉もぼんやりと浮かび上がる。

遠山は舌を突き出し、犬のように大きく何度も舐めあげ全体を湿らせていった。生あたたかく柔らかい舌が痛めつけられた麻奈美の女肉を癒《いや》すように包みこんでいく。恥毛もしっとりと唾液を含んでいった。

「ん……うんん。お願い、もうダメだって」

麻奈美は膝を閉じようとしたがその力は弱く、簡単に彼に押し戻されてしまった。彼は小刻みな舌づかいに変えてちろちろと襞《ひだ》の間を丁寧になぞりながら、鼻先をクリトリスに押しつけてきた。

「これ、どう？」

「あっ、ああ……」

敏感な肉芽を刺激され、麻奈美の体に一瞬の緊張が走る。

「すごい、メスの匂いだ……感じてるんだろ？」

「ううう……」

麻奈美は小さく呻いた後、彼の口技をねだるかのようにさらに大きく開脚した。

「もっと舐めてほしいのか」

「あ……いいえ、でも、あの」

訳のわからないことを口走っていると、遠山がいきなりクリトリスにキスしてきた。唇をすぼめて吸い上げながら、舌先でくりくりとこねまわすのだ。

「い、いやぁん……」

麻奈美は小さく叫び、上半身をくねらせ悶《もだ》えた。

「汁が溢れてるじゃないか。ずぶ濡れだ」

「いや、もう、だめ」

壺口をつつかれ湧き出る蜜液をすすられると、麻奈美はたまらなくなって彼の髪をかきむしり、自らの太股で彼の顔を挟みこんだ。遠山はしばらくの間、麻奈美の股間に顔を擦りつけていた。麻奈美は頭をのけ反らせ、下半身に神経を集中させていた。

「さあ、来い」

ふいに遠山は麻奈美の股ぐらから顔を上げるとすっくと立ち上がり、あっという間に席を立った。麻奈美はあわててスカートを下ろし、後に続いた。こんな時、パンティをはいていないと素早く行動できる。

映画館を出るのかと思ってついて行くと、彼は最後部の席の後方で立ち止まった。場内は空《す》いているのであたりに観客の姿はない。

「こっちへ」

暗がりの中で腕を引っぱられたので、麻奈美は当然のように彼の前にしゃがみこみ、ズボンのファスナーに手をかけた。太く雄々しく固まった肉塊を、口に含みたくてたまらなかったのだ。榊のモノは嫌というほどしゃぶらされたが、遠山の逸物はまだ目にしたこともないのだ。早く味見したくて舌なめずりしそうだ。

「ちがう。フェラなんかいいから、そっちへ立って」

麻奈美は最後列の後ろにある手すりの前に立たされた。

「尻を突き出して」

同時にスカートが大きくまくられ下半身が剝き出しになった。彼は一刻も早く挿入したかったようだ。

麻奈美は手すりに手をかけ、彼の希望通りゆっくりと腰を差し出した。すると待ちきれないとばかりに、いきなりウエストを摑まれぐいっと後ろに引かれた。

「んっ……」

いきなりの衝撃に、麻奈美は声も出なかった。突然押し入ってきた肉柱は、次の瞬間にはもう深々と花芯を貫いていたのだ。木づちか何かで一撃を受けたような激しい打ち込みに、麻奈美の全身の皮膚は粟だっていた。

「こいつが欲しかったんじゃないのか？」

彼は麻奈美の耳にぴったりと唇をつけるようにしてつぶやいた。

「私、こんなことするつもりじゃ……」

「ふん、アソコをあんなに濡らして、獲物を待ってたんだろう」

「そんな……ああっ」

「いやらしいメス犬だな。それでも教師か？」

鼻で笑った後、彼はじっくりと腰を使い始めた。彼の下腹部と麻奈美のヒップがぴったりつくほど深く挿したまま中でぐりぐりと回転した。

「あふっ、うっ、ううん……」

「どうだ、うれしいか。感じてるんだろ」

「す、すごいわ」

女穴にぴっちりとはまった肉杭が今度はゆっくりとピストンを開始した。入り口がひきつれそうなほどのサイズと硬さだが、潤滑油がたっぷりと湧き出ているので動きはとてもスムースだった。

「デカいだろう。満足か？　いつもプールで眺めてたもんなあ。俺の股間に注目してただろ。こんな風にねじこんでもらいたかったんだろ？」

「そ、そんな……」

確かに麻奈美は遠山の水着姿を見るためだけに、プールの開放を待っていた気がする。体育教師かと見間違うほどの筋肉質の体に、必要最小限の箇所だけを包んだ競泳用スイムパンツ。その薄手のビキニパンツの中身を想像して、麻奈美は幾度となく自分を慰めたものだ。

それが今、希望通り麻奈美のなかに収まっている。

「うむ……けっこう締まるな」

彼は入れ心地をじっくり楽しむように、時折挿したまま動きを止めてヒップを撫でた。

「じわじわ締めつけてくる。これが男をいかせる必殺技なのか？」

「う、ううんっ……」

「俺はそう簡単にいかないぞ」

麻奈美が意識していなくても、バックから挿入されると締め加減がきつくなることは知っていた。多くの男たちが証言しているからだ。だから早く終わらせたい時など、わざとバックをせがんで締め上げたりするのだが、遠山は深く挿入したまま楽しんでいて、当分フィニッシュは訪れそうもない。麻奈美もずっと受け入れていたいところだが、何分場所が場所だけに落ち着かない。

「ねえ、どこか外に出ない？　ホテルとか」

麻奈美は彼を受け入れながら、ちらりと振り返って誘ってみた。

「だめだ。ホテルなんか面白くない」

「じゃあ、私の部屋は？」

「わからないヤツだな」

「だって、もっとゆっくりしたいし……」

「ここでやるからいいんじゃないか」

彼はそれまで緩慢だった腰の動きを急に速めた。振動でがくがく体が揺れるので、麻奈美はしっかりと手すりにつかまった。つかまりながら膝をぴんと伸ばし、ヒップは高々と突き出して、硬くて熱い太棹を受け入れやすい体勢をとった。

「どうだ、感じてきただろう」

「ん……さっきからずっとよ。でも、ますますよくなるわ」

「バックが好きなのか？」

「ええ、でも……前も……好き」

「いやらしい女だ。こうしてやる」

遠山は麻奈美の細いウエストをがっしりつかまえると、まるでお仕置きでもするように、力強い打ち込みを開始した。最初はまるで鐘を突くようにゆっくりと着実に肉槌を送りこんだ。深いところに届くたび、麻奈美の体がびくっと震え鳥肌がたった。子宮の壁をツンツンと突つかれているようで、奥までしっかり入っている満足感があった。

「はあっ……すごいわ。届いてる」

「まだ余裕があるな。よし、無駄口をたたけなくしてやろう」

言い終わらないうちに一気にピッチが上がった。遠山は自分の腰を動かすだけでなく、両手で抱えこんだ麻奈美のヒップを自分の動きに合わせて揺すった。彼の手にかかると、麻奈美の体は完全におもちゃだ。

「あふっ……や、やめてぇ」

「ふん、ほんとにやめたら困るくせに。見え透いたこと言うな」

「でもぉ……そんなに激しくしたら、アソコが壊れちゃうわ」

「じゃあ、ぶっこわしてやる」

「いやっ、いやぁ……」

あまりに激しく突いてくるので、麻奈美は膝ががくがく震え出し手すりに摑まっているのがやっとの状態になった。それでも高く差し出された腰は決して引かず、何とか踏ん張り続けた。

「そろそろイクぞ」

「あっ、ああん……」

「まだ欲しいのか？　底なしだな。俺はもうもたない」

遠山のフィニッシュはあっけなくやってきた。麻奈美の尻をぐっと抱えこむようにしながら、一滴残らず中で放出したようだった。

「ふう……」

ずるずると肉棒が引き抜かれたちょうどその時、ふいに後ろのドアが開いてだれか入ってきた。差し出されたままの剝き出しの尻が一瞬、外のあかりに照らし出された。

「おお、こりゃ、すごい」

入ってきた男は思わず叫んだ。映画などより遥かに刺激的な場面が目の前に広がっていたのだから無理もない。麻奈美はあわてて体勢を立て直し、スカートを下ろしたがすでに全部見られてしまった。

「どうです？　味見してみませんか？　タダですよ」

「ええっ、ほんとに？」

「なかなか悪くないよ。アソコはよく締まるし、入れ心地は最高だ」

「えー、ほんとにタダですよね。俺、しばらくやってないから、マジたまってるんだけど、金がなくて」

見知らぬ男が麻奈美の背後にやってきて、腰をつかんだ。暗いので顔も風体もまったくわからない。だが声の感じから察して若い男のようだった。

「やめてっ！　何するの」

「俺だけじゃ足りなくて、もっと欲しかったんだろ。おかわりをやるよ。君、さっさとやっちゃって」

「んじゃ、遠慮なくいただきます……」

男は麻奈美のスカートをまくり、尻たぶに手を当て撫で始めた。

「好きなようにやっちゃっていいですよ」

「ああ、いいケツしてる。この人、プロ？」

「いや、単なるスケベ女だよ」

ぐさり、と楔《くさび》が打ち込まれた。かなり乱暴な仕方でぐいぐいと力まかせに押しこんでくる。だが不器用なのかすぐにはずれてしまった。

「あれ、おかしいな」

尻の割れ目にぬるぬるしたペニスの先を擦りつけ、女穴を探り、再び挿入に挑んだ。遠山より背が低く、角度が合っていないのでやたらとねじこんでもまたすぐにはずれそうだ。

「いきなりバックだから、焦っちゃったよ」

麻奈美は早く終わらせたいので入り口に力を入れ、ペニスを締め上げた。まるでエンピツでも入っているような手応えのなさだった。

「ううっ、締まってる。アソコがじわじわ締めつけてる……すごいな、たまらんぜ」

「じゃ、ゆっくり楽しんでってよ」

遠山はひとりでさっさと出て行ってしまった。麻奈美は「待って」と言いかけ、振り返ったが彼はドアの外に消えた。

麻奈美の背後には、発情した野ザルのような男がめちゃくちゃに腰を使い、麻奈美を責めたてているところだった。

「いやっ……もう放して」

「好きなだけ楽しんでいいって言われたんだ。まだまだ」

男は麻奈美を押さえつけ、背後から覆いかぶさるようにしてさらに激しく打ち込んだ。

遠山さん、助けて！

叫びそうになったところで、麻奈美はふっと意識を取り戻した。

映画館の暗闇の中に麻奈美はひとりで座っていた。隣りに遠山の姿はないし、スカートもまくられた形跡はない。

どうやら映画を見ながらうとうとし、夢をみていたようだ。

あれはすべて夢の中の出来事だったのだ……映画はまだ途中だったが、麻奈美は席を立った。パンティをはいていない股間が湿っているのがよくわかった。

第三章　父と子と味くらべ

ことのほか疲れる一日だった。

麻奈美は映画館を出た後、軽く食事をしてから家路についた。結局、途中でパンティを買うことなく部屋まで帰ったが、ノーパンも慣れてしまえばさほど気にならない。榊にパンティを奪われた時は死ぬほど恥かしかったが、考えてみればスカートをはいているのだし、他人に気づかれることはまずない。きょうのようにタイトスカートなら、風で裾がまくれ上がることもないし、蒸し暑い季節にはかえって快適なぐらいだ。

だれかを驚かせるために、はかずに出かけてみるのも悪くない……麻奈美はそんなことを考えながらバスタブに湯を張っていた。

ぬるめの湯にゆっくりと浸《つ》かりたいので、バスバブルを使って泡風呂にした。湯船に体を沈める前に、いつものように裸になってから鏡の前で全身を写した。照明を一番明るくし、体の向きをあれこれ変えて、体型だけでなく肌の状態も入念にチェックするのだ。少しの体重の増減や生理前の体調の変化など、毎日眺めているだけでつぶさにわかる。

まだ男性経験の少なかった十代の頃は、男に抱かれるたびに自分の体が変わっていくようだった。特に事が終わった直後、ホテルのバスルームで眺める肉体は、ひどくなまめかしく自分でもハッとするほどだった。男に愛された自分の肉体がいとおしくてたまらなかった時期が懐《なつ》かしい。今は、抱かれることが愛されることとも限らないし、単に肉欲だけでセックスする回数が増えている。

麻奈美は体を少し斜めにひねってバストの形を確認してみた。さすがに二十歳ぐらいの頃に比べたらほんの少しだけ重心が下がってきたようだが、このボリュームでは仕方ないことだろう。こんもりとしたお椀型は少しも崩れていないし、トップもまだしっかりと上を向いている。男性経験を重ねたわりには乳頭はこぢんまりと小さく、色も薄く、初々しい。これが男たちがしゃぶりつき、揉みしだき、顔を埋めた乳房なのだ。麻奈美は鏡の前で自慢げに胸を張り、乳房を突き出してみた。自分の両手にも収まりきらない肉塊をマッサージするようにさすった後、そのまま手を腰に伸ばした。

文句なしに平らな下腹とくびれたウエスト、それに続いてなめらかな曲線を描く優美なヒップ。男を知って胸も大きくなったが、いちばんの変化は腰まわりだろう。ゴムまりのように小さく固いヒップが、徐々に張り出し、肉づき、女らしい尻になっていった。直接男と繋《つな》がる部分なのだから変化は無理もない。どんなに乱暴にされ何度も激しく突き上げられても、この腰が受け入れ衝撃にも堪えてきたのだ。

三角地帯の密林は、今は濃く繁っていて性器を垣間《かいま》見ることはできない。かつては男の嫉《しっ》妬《と》心と悪戯心で、一本残らず剃り落とされ青々とした土手を見せたこともある。麻奈美の初めての男で、今も愛人関係にある岩下晃一郎《いわしたこういちろう》は好んで剃毛をしたがった。まるで作品を仕上げるように、丁寧にじっくりと剃りあげていく様子は実にマニアックなものを感じた。おまけにそういう時の彼は嬉々として実に楽しそうなのだ。

前回剃毛されてからずいぶん日がたつので、もうすっかり元の状態に戻ってしまった。ちぢれ毛はやわらかく、その奥に息を潜めている柔肉を隠している。剃られるのは特に好きではないが弥《いや》が上にも興奮するし、その後でつるつるになったその部分に舌を這わされると、直接刺激されるので悶絶しそうなほど感じてしまう。あの快感があればこそ、剃毛を受け入れることができるのだ。岩下は麻奈美の趣向をすべて知ってるので、多少嫌がっても無理やりねじ伏せたり縛りつけたりしてカミソリを当ててしまうのだ。

そして無毛の土手をさんざん舐めまわしてから、いよいよ挿入するのだが、決まって結合部が見えやすい体位をとり麻奈美に見せたり触らせたりして恥かしがらせる。その一連の約束ごとが二人にとってはこの上ない効果を生んだ。

またそろそろあの遊びがあっても悪くないが、ひとつだけとても不便なことがある。剃毛のあとしばらく他の男と関係が持てないことだ。理事長の織田《おだ》など、岩下との事情を知っているわずかな相手以外とセックスできなくなるのは堪えられない。もしも大樹がそれを見たら驚きのあまり「引いて」しまうかもしれない。しかも剃った相手が自分の父親と知ったら……。いや、それだけは口が裂けても言えない。父親と息子、同時に肉体関係がある、などという破廉恥な事実は、バレないように最大限の努力をするのが努めだ。むろん岩下にも内証なのだが。

麻奈美はバスタブに体を沈めながら体のあちこちをまさぐっていた。ラベンダーの香りに包まれて心底癒される気がした。きょうは本当に疲れる一日だった。

するとその時、携帯電話が鳴った。いつでも出られるようにバスルームに持ち込んでいるのだが、濡らさないように気をつけながら洗面台の脇に置いてあった携帯に手を伸ばした。

「もしもし……あら、久しぶりね……あなたでも、たまには思い出すこともあるの？」

相手はたった今、思い浮かべていた岩下だった。偶然だったので少し焦ったが、悟《さと》られないようにするため逆にひどく素っ気なくしてしまった。

「たまには？　お前さんのことは毎晩思い出してるよ」

「嘘ばっかり。さっきまで若い彼女といたんじゃないの？」

「きょうは一日仕事で部屋にこもりっきりだよ。模擬試験の問題作りだ」

「一段落したから彼女を誘おうと思ったのに、断られたか連絡がつかなかったから、私のところにかけてきたんでしょう」

「よくそんな想像するなあ。お前こそ嫉妬でむらむらしてたんじゃないのか？」

嫉妬したわけではないが、岩下に剃毛されたことを思い出していた、と言いたかったが彼を喜ばせるだけなのでやめておいた。

「私も疲れているのよ、むらむらなんてしてないわ。きょうは学校でいろいろ嫌なことがあってゆっくりしたいの」

「なんか、やけに声が響いてるけど」

「今、お風呂に入ってるところなのよ」

「そりゃあ、いいタイミングだったな。白く濁る入浴剤を入れてるのか？　この中に射精してもわからないって俺が言ったやつ」

「ああ、お風呂でセックスした時でしょ。あなた本当にお湯の中に出しちゃたのよね。そんなこともあったわねえ、きょうは泡のお風呂なの」

「泡風呂か。ああ、なんか興奮してきた……こいつを見せてやれないのが残念だよ。すごく元気でもうピンピンだよ。早くどこかに入りたがってる」

岩下はもう四十代も半ばだが、時々こちらが気恥かしくなるようなことを平気で口にしたりするのだ。

「いやあね、テレフォン・セックスするの？　何だか懐かしいわね」

「ああ、昔はよくやったな」

「あの頃はメールがなかったから、連絡手段は電話しかなくて」

「メールじゃセックスはできない。文字を打ち込んでる間にその気が失せてくるから」

「あらそう？　文字で感じるいやらしさってあると思うわ」

「俺はお前たちみたいにメールが得意じゃないんだよ」

「ああら、国語の先生なのにね」

「俺は直接繋がるのが好きなんだ……今から行こうかな」

「ふん、どうせ来ないくせに」

岩下がそういう風にほのめかすことはよくあるが、実際にやって来たためしがない。十代の頃の麻奈美は、彼が妻帯者であることにずいぶん心を痛めたものだが、もう慣れっこになってしまったし、今ではそのほうが都合がいいこともあると思えるようになった。麻奈美も好きにしていられるからだ。

「嫌なことって、また理事長か榊にねちねちやられてるのか？　連中はしつこいし、ケタはずれにスケベだからな」

「榊さんは相変わらずだけど、理事長はこのところ体調が悪くて学校にも来たり来なかったり。しばらくお相手してないわ。もうあっちのほうはダメなんじゃないかしら。年も年だし」

「じゃ、寂しいだろ」

「とんでもない。もう二度とごめんだわ」

麻奈美は理事長の織田にこれまでさんざんおもちゃにされてきた。理事長室に呼び出されて関係を迫られることはしばしばだったし、織田が入院中の時でさえ病院に行って彼の激しい欲望のはけ口になった。榊が連れてきた若い女と四人での饗宴につきあわされたこともあった。だが、織田が休みがちなのをいいことに、最近では教頭の榊が代わって麻奈美を支配しようとしているのだ。

「榊さんがしつこくて」

「ああ、あの男は粘着質だからな。でもロリコンだからお前はタイプじゃないだろう」

「そう、だから余計ひどいのよ。ロリータの子は甘やかして言いなりになってるのに、私に対してはすごく支配的で……いやっていうほどフェラさせるんだから」

「うむ、お前は思わず突っ込みたくなるような唇をしてるからな」

「変なことに感心しないで。私、ついてないのよ。けさ痴漢に遭っちゃった。それも高校生の」

　麻奈美は電車の中の出来事を簡単に岩下に報告した。彼は相づちを打ちながらしばらく聞いていたが、急に受信状態が悪くなったので、とりあえず電話を切った。もう一度かけ直そうと麻奈美がボタンに手をかけたその時、突然バスルームのドアが開いて全裸の岩下が入ってきた。

「きゃあっ、やだ……あなたなの。驚かさないで」

「ははは、どうだ。見事に騙されたな。そっちに向かうつもりで、車から電話してたんだよ。気づかなかっただろう」

「ああ、心臓が止まるかと思った」

　岩下に部屋の合い鍵を渡していたことをすっかり忘れていたのだ。最近はそれを使って彼が麻奈美の部屋に入る機会も少なくなっていた。

「私、のぼせそうだからもう出るわ。ここはラブホテルのお風呂じゃないから、二人いっしょには入れないのよ」

　麻奈美はざばっと音をたてて立ち上がった。体のところどころに白い泡がついているが、完璧なボディにオレンジ色のやわらかい照明が当たってきらきら輝いている。

「おお、女神が立ち上がったぞ。ほら、見ただけでこんなに」

だらんとぶら下がっていたペニスが徐々に力をつけ、秘密の穴ぐらを探し回っているように見えた。

「ああ、早く入れたい。このままここでしよう」

岩下は麻奈美の腰に手をかけようとした。

「だめっ、こんな所じゃ落ち着かないから嫌よ。私、疲れているから、ゆっくり手足を伸ばしたい」

麻奈美が勢いよくシャワーの栓をひねると、岩下の頭にも飛沫がかかった。

「冷たいなあ」

「ああ、気持ちいい。電話のおかげでずいぶん長湯しちゃった。あなたもシャワー浴びるといいわ」

体についた泡を落とすと、麻奈美はふかふかのバスローブをはおり、岩下を置いてさっさと出て行ってしまった。

数分後、麻奈美はまだ火照りが残っている体をひんやりとしたシーツの上に横たえていた。バスローブをまとっていたのはほんの短い間で、すぐに岩下の手で剝ぎ取られてしまい、完璧な裸身をさらけ出していた。

すんなりと形の良い脚は膝を立てた状態で大きく開かれ、岩下は体を丸めるようにその間にすっぽり入りこみ、麻奈美の秘部に顔を埋めていた。

「ん、うんん……」

麻奈美はじっと目を閉じ、時折軽い呻き声をあげる以外は彼の行為に身を任せていた。風呂あがりでほんのり染まった頬の赤みが次第に増していった。

「どうだ、癒されるだろう」

岩下は顔を上げて言った。自分の唾液と麻奈美の分泌液のおかげで唇はもとより、顎、頬までしっとりと濡らしていた。

「ううっ、気持ち、いい……」

「俺のクンニが一番いいだろう。お前が何をされると喜ぶか、よくわかっているからな。たとえば、こんなこと……」

岩下は顔を傾け、あたかも麻奈美の陰唇と自分の唇を重ね合わせてキスするかのように、ぴたりと押し当て音が出るほど強く吸った。

「はあっ……や、やめてぇ。だめっ、おかしくなっちゃう」

だが彼は唇を離さず吸引し続けた。女穴からどくどくと湧き出る汁を吸い上げ、大袈裟《おおげさ》に喉を鳴らし飲み込んでいった。

「アソコ、吸われるの好きだろ」

「いや、離れちゃ、いやなの。もっとして、ねえ、もっと」

麻奈美は子どものように甘えた口調で彼の舌をせがんだ。

「ふん、欲張りな女だ。ぺろぺろしてほしいのか？」

「して、ほしい……」

「じゃあ、はっきり言いなさい」

「ええっ、そんなあ」

「言わないなら、してやらないぞ」

「ああ、だめ……ぺろぺろ、して」

蚊の鳴くような声でようやく口にしたあと、枕に顔を埋めた。

「恥かしいのか？　でもしてほしいんだろう？」

「して……ねえ、舐めてよ」

麻奈美は自分からねだって、ますます脚を大きく広げた。股関節は柔らかく、百八十度まで開脚できる。

「じゃあ、自分で広げてみろよ」

「ええっ、私が？」

「そうしたら広げた中も舐めてやる……このびらびらの中」

「いやぁん、やらしすぎる」

だが言葉と裏腹に、麻奈美は脚をM字型に開いたまま両手の指先を使って、器用にフリルをめくり女穴まで見えるように押し広げた。

「ん、奥までよく見える。ぬめぬめ光ってるぞ」

岩下は舌先を尖らせて女穴の中に差し込み、器用にくねらせたりつついたりした。

「はあっ……す、すごい」

「どうだ、気持ちいいのか？」

「アソコにミミズが這ってるみたいー。変な感じ」

「汁が溢れてきた。すごく濡れてる」

「あなたの唾液じゃないの？」

「ちがう。女の匂いでむせ返りそうだ。蜜でとろとろになってるぞ。ほら、俺の顔もぐっしょりだ」

岩下は唇の周りや顎《あご》や頬をてからせながら、麻奈美を見上げた。

「いやあん」

っている。

「もっと気持ちよくさせてやろうか」

彼は麻奈美の手をどけて、指で肉芽をつまみ出した。すでにぷっくりと膨れて紅色に染ま

「あ……そこ、感じすぎちゃう」

「だからいいんだろ」

岩下はいきなり口に含んで音をたてて吸い上げた。

「ひっ、ひい～っ」

麻奈美は最も敏感な部分を刺激され膝を小刻みに震わせながら、股の間に入りこんでいる彼の頭を両手で抱えこんだ。

「はあっ、もうやめて。どうにかなりそう」

だが麻奈美は岩下の頭を太股でしっかりと挟みこみ、なかなか放そうとはしなかった。

「クンニだけでこんなにびっしょりなんだからな。痴漢に触られて、思わず濡れたんじゃないのか」

彼は股の間から顔を上げて言った。

「まさか」

「しかし、運のいい痴漢だな。たまたま触った女がＴバックはいてたとは。前も触られたの

か？　簡単に指が入るだろう」

岩下は恥毛に顔を擦りつけるようにしながら、飽きもせず女肉にぺろぺろと舌を這わせ舐めまわしていた。

「触られただけじゃないのよ。実は、私……トイレでレイプされたの」

彼の舌の動きがぴたりと止まった。麻奈美は簡単にいきさつを話した。すると次第に岩下の顔色が変わっていき、麻奈美の股間から完全に顔を離した。

「何で大声をあげなかったんだ。相手は高校生だろ？　お前は教師なんだから、そんなヤツの言いなりになるなんて、どうかしてるぞ」

思いがけない批判の言葉に麻奈美は驚いていた。

「ええっ、だってナイフで脅《おど》されたのよ」

「格好つけてるだけで、刺す勇気なんかないんだよ。大声をあげれば逃げて行ったのに」

「そんなこと、わからないじゃない。それに、すぐ助けが来るような場所じゃなかったし」

「お前は、そんな所に自分からついて行ったんだろ。バカだよ」

「じゃ、レイプされたのは私に責任があるっていうの？」

「スケベな下着なんかつけてるからだよ。連中は欲望の塊なんだからな。ちょっとでも刺激があれば、すぐに爆発するんだ」

「ひどいわ。少しも同情してくれないのね」

遠山は話を聞いて自分からガードをかって出てくれたというのに、何という態度の違いだろう。麻奈美はまだ唾液で濡れている股を閉じた。

「同情してほしいのは、こっちだよ。どこの馬の骨だかわからない男がヤリまくったアソコを、さんざん舐めまわしたんだからな」

「私のアソコが汚いっていうの？　何もそんな言い方しなくたって……きれいに洗ったわ」

「気分の問題だよ。どうせ中で出したんだろ。その痴漢の精液をたっぷり打ち込まれたんだろう」

麻奈美は返事をせずにそっぽを向いた。話したことをとても後悔していた。

「なあ、お前、感じたんじゃないだろうな。高校生とヤルなんてめったにないチャンスだもんなあ」

「レイプされて感じる女がどこにいるっていうの」

「お前は底なしのスケベ女だから、そういうこともありかな、と。男子高校生のちんちんはどうだったか？　やっぱり若くてイキがいいだろう。しゃぶりつきたくなったんじゃないのか」

岩下はしゃべりながら興奮してきたのか、麻奈美にのしかかってきた。すでに股間の逸物は石のように固まっている。

高校生とヤルのなんて、私にとっては日常茶飯事なのよ。若い肉棒をしゃぶるのも大好き。あなたの息子のアレも知りつくしているわ。

でも、レイプされることとはぜんぜん違う。うす汚れた公衆トイレでナイフで脅されながら……私はただ、時間が過ぎてくれるのを待っていただけ。

「ああ、お前が知らない男に犯されているのを想像しただけで、興奮してきたぞ。立ったままやったんだろう？」

岩下は麻奈美の乳房を鷲づかみにして舐めまわしながら、剝き出しになった股間を麻奈美の太股に押しつけてきた。

「そうよ。立ったままトイレの壁に押しつけられて」

「バックでか？」

「ちがう、前からよ。わりとすぐに終わってくれたけど、がんがんやられたわ」

「そんなに激しかったのか」

「だって、若いもの……あっ、ううう」

いきなり岩下に挿され、思わず声をあげた。長いクンニリングスのおかげでそこはすっかりぬめっていたので、何の抵抗もなくすんなりと飲みこんだ。

「どんな風にすごかったのか？」

話に刺激されたのか、彼は最初からピッチを上げて激しく腰を上下させてきた。

「単純なの。ただ、出したり入れたりするだけ」

「こんな風にか？」

彼は麻奈美の両膝を抱えるようにして体勢を整えると、さらにピストンのスピードを増していった。結合部からくちゃくちゃくちゃという水音が聞こえてくるほど麻奈美のそこは濡れそぼっていた。

「ははっ、下の口が鳴ってるぞ。ほら、聞こえるだろ」

「いやぁ～ん」

「いやらしいなあ。汁でぐしょぐしょだ」

わざとテンポを落としたかと思うと、また急に速くなったりと変化をつけたが、抜き挿すスピードが遅くても深い所まで突かれるので、麻奈美はずっと感じたままだ。

「ん、滑りが良すぎてはずれた……」

勢い余ってペニスがするりと抜けたのを、岩下は慣れた手つきで入れ直した。

「ほら、すぐ入った」

「はあ～んっ」

大樹のはすごく長くてぶっといから、途中で抜けることなんかないのよ……あなたの息子のアレ、見せてあげたいぐらいよ。そりゃあ、立派なんだから。でもテクは父親にまだまだかなわないけどね。

今度は麻奈美の両足を肩に担《かつ》ぎ上げた。挿入はますます深くなる。

「あっ、あっ……奥まで入ってるぅ」

「お前は深く突かれるのが好きなんだよな。それから、これもだろ」

ふいにペニスが抜かれたと思うと、岩下は自らのモノを握りしめ、丸くて硬いその先端を最も敏感な部分に押しつけてきた。充血し膨らみきっている蕾は肉杭の先でくりくりとなぶられた。

「ひっ、ひいっ～」

「これが好きなんだろ」

「だ、だめえっ、気持ちよすぎちゃう」

「だからいいんじゃないか。ほら、もっともっと感じろよ」

「いやいや……感じすぎて……おしっこ出たくなっちゃう」

麻奈美は悶えて全身をくねらせ、ベッドの上でのたうち回った。乱れた髪は汗で首すじに絡みつき、仰向けになってもまだこんもりと高さを保っている双丘はぶるぶると震えた。

「ははっ、したいなら出せよ。飲んでやろうか？」

「やだぁ……ああ、もうだめっ」

「イキそうか？　ん、いってるのか」

「……入れて。ねえ、今、すぐアソコに、アレを入れてよ」

麻奈美の視線は焦点が合わず、宙を彷徨《さまよ》っていた。

「ふん、お前、イッてるな。まったく、欲張りな女だ」

岩下は自分のペニスで悪戯するのはやめて、再びぶすりと女穴に挿した。

「はあ～んっ」

「最後はやっぱりハメられたいんだな。ん、そうなんだろ？」

すっかり腑抜けになったような麻奈美は、ただ何度も頷《うなず》くだけだった。

岩下はピストンを再開し、ほどなくして果てた。麻奈美は彼の背中をかきむしり、何度も何度もアクメに達した。


「すっかりシーツが湿っちゃったわ」

「すごい濡れ方だったもんなあ」

「半分はあなたの唾液よ。まるで犬みたいなんだもの」

「好きなくせに……何回イッたんだよ」

再び二人はベッドの上でじゃれ合っていた。

「ねえ、きょうは泊まっていけるの？」

「ん、もう少ししたら帰るよ」

「ええ、帰っちゃうの？　だったらもう一回お願いしちゃおうかな」

麻奈美は早くも岩下の股間に手を伸ばしかけた。

「勘弁してくれよ。家に帰ってから仕事するんだから」

「ほんと？　どうだか……若い彼女のところでお泊まりするんじゃないの？　それとも奥さん相手におつとめ？」

繁みを探って小さく縮んでいる肉塊を掌の中で弄んだ。

「そんな元気はもうないよ。お前に全部吸い取られた」

「ねえ、今度の彼女っていくつなの？　若いんでしょ？」

予備校の講師をしている岩下は四十八歳で立派に妻子もいるのに、麻奈美の他にもまだ愛人がいるのだ。

「ん、二十一かな」

「ええっ、私より五歳も若いんじゃない。いやあねえ、そんな娘みたいな子と、いやらしい」

「今の二十一歳はけっこう大人だよ」

「でも肉体的には若いでしょ……どう？　私と比べて？」

麻奈美は競争心むき出しだった。彼の手を取り、自分の乳房に誘導した。

「こんなに胸はデカくないよ。どちらかといえば貧弱だ」

「あら、あなたいつから好みが変わったの？」

「もともと節操がないほうなもんでね」

彼は性体験の少ない女にいろいろと教えこんで、変わっていく様子を見るのが好きなのだ。麻奈美も彼と出会った頃には決して巨乳などではなかった。

「あなたが仕込めばどんどん女っぽくなっていくわよ。小さい胸だってきっと……」

麻奈美は彼の股間に顔を埋めた。おしゃべりしているせいか、それとも先ほどの熱戦のすぐ後だからか、なかなか大きくならないペニスをくわえた。

「固いんだ……おっぱいは固くてコリコリしてる。尻も小さくて締まってるし」

「その固い胸を揉みほぐして、小さなお尻を抱えこんで、後ろからねじこんだりするんじゃないの？」

「よくわかるな」

「あなたのやり方ぐらいお見通しよ」

「ほんとは見たいんじゃないのか？」

「そんな悪趣味じゃないわ」

「そうだ。榊はロリコンだから、四人でするのはどうだ？」

「ええー。あ、でもちょっと面白いかも」

岩下の新しい女が、榊に犯されるのを目の当たりにするのは小気味いいかもしれない。そして同時に、麻奈美と岩下の慣れ親しんだ行為を彼女に見せつけてやるのだ。

「よし、さっそく計画を練るか」

「そんなに見せたいの？　若い彼女を私に見せびらかしたいのね」

「昔のお前を思い出すものだから」

「どうせ私はもうトシよ」

麻奈美は小さくて柔らかいペニスにしゃぶりつき、夢中で吸った。片手でしごいたり撫でたりしながら、口の周りを唾液でべたべたに汚し、顎がだるくなるのもかまわず、口技に没頭した。途中、陰嚢《いんのう》にまで喰らいつき、そのぶよぶよの皮を舐めたり揉んだりして少しも休まず刺激を与え続けた。

「そんなに早くイカせたいのか？」

「ちがうわ……さっきの話に刺激されただけ」

「嫉妬してるんだな。じゃあ、お前、きょうは久々に俺のザーメンを飲むか？」

「いつも飲ませてるの？　その女に」

「いつもじゃないが、喜んで飲むよ」

ペニスに喰らいついていた唇につい力が入る。麻奈美はくわえ直して体勢を整えてから激しく頭を振りピストンした。まるで恨みでも晴らすようなフェラチオだった。

そして彼は遂に、麻奈美の口の中で果てた。

「ああ、食いちぎられるかと思ったよ。すごかったなあ」

岩下は、射精した後もまだ名残惜《なごり》しそうに肉柱を舐めている麻奈美の髪を撫でながら、満足そうにつぶやいた。

「私もけっこうやるでしょ」

「ああ、俺のザーメンはうまかったか？」

「ええ、とっても」

答えた後で、麻奈美は心の中で笑った。

親子でも「味」はちがうのね。大樹のは、若いせいかもっと青臭く、どろりとして濃いような気がするのだが。それに量もはるかに多かった。

岩下に何人愛人がいようが、それがどんなに若い女であろうが、自分の教え子でもある彼の息子とセックスしている麻奈美の破廉恥ぶりにはかなわないだろう。それぞれには秘密のまま、平然と関係を持ち続けているのだから。

「久しぶりだな。前はよく飲んでくれたのに」

「無理やりさせられてたのよ」

「いや、お前がフェラチオを覚えたての頃は、毎回のように口の中でイッてたぞ」

「忘れたわ。そんな昔のこと」

たぶんその頃の麻奈美は、岩下が結婚していることが堪えられず、すべてを自分のものにしたいと思っていたのだろう。妻の体内に排出されるぐらいなら、自分で飲んでしまったほうがましだと考えたのだ。

「きょうは、いい仕事したな……じゃ、俺はそろそろ」

「え、もう帰るの？」

岩下はさっさと立ち上がって服を取り上げた。バスルームに入ってきてから、まだ二時間もたっていない。本当に「やるため」だけにやって来たのだ。

「お前のことは、千春《ちはる》には話してあるんだ。今度紹介するよ」

千春というのは、たぶん若い愛人のことだろう。平気で名前で話すところが図々しい。

「愛人同士を紹介してどうするのよ」

「お前と気が合いそうだから。それに3P、4Pができるじゃないか」

岩下は本当に実行するつもりらしく、嬉しそうな口ぶりだった。

翌朝、麻奈美は駅のホームで遠山を見つけた。きのう約束した通り、彼は麻奈美が痴漢高校生によく遭遇する電車に乗るため、わざわざホームで麻奈美を待っていてくれたのだ。

乗降客でごった返していたので、二人は目で挨拶しただけで同じ電車に乗りこんだ。次の停車駅で人の移動があった時、麻奈美はあたりをさっと見回してみた。すると、例の高校生が何喰わぬ顔で車内吊り広告に目をやっているところを発見した。

麻奈美がすぐに遠山に合図すると、彼はぴたりと麻奈美の横に立ってガードしてくれた。背の高い遠山に守られるように、麻奈美はそっと彼に体を寄せた。きょうのいでたちは、衿のつまったスタンドカラーのブラウスにセミタイトのスカート。胸の谷間は覗けないし、スカート丈も長いので痴漢が手を入れることもできない。安全で無難な服装だ。

高校生の視線が自分に注がれているのを痛いほど感じた。麻奈美はこれ見よがしに、遠山にすり寄り、時折、彼をじっと見上げたりした。自分たちはもうしっかり関係ができていて、彼は麻奈美を守るためにそばにいるのだ、と言わんばかりに。

次の駅で高校生はその場から消えた。きょうは触れないとわかって、別の場所に移ったのだろう。だが麻奈美は車内が混んでいるのをいいことに、遠山の横にぴたりと貼り付いたまま離れなかった。

麻奈美は人に押されたふりをして、彼の日焼けした腕にバストを押しつけたり、電車の揺れに体を傾けた拍子に太股を擦りつけたりしていた。こうして体を密着させていると、学校へ行くことなどどうでもよくなってしまう。彼の股間に手を伸ばしたい衝動に何度も駆られたが、彼は依然としてその気はなさそうだ。

途中、車内の混雑がピークを迎えた時、麻奈美は人に押されて本当に倒れそうになってしまった。すると遠山は麻奈美の腰にさっと手を回し、ぐいっと自分のほうに引き寄せた。

「あ、すいません」

「いやいや、混んでますからね」

「すごいことになっちゃったわ」

「仕方ないですよ」

麻奈美と彼は、ほとんど正面から抱き合っているような体勢になっていた。普通にデートしたとしても、こんなに体を密着させるにはかなり時間が必要だ。できればこのままずっと満員電車に乗っていたい。

きのうはとても疲れる一日だったので朝起きるのがつらかった。寝不足ぎみの体に電車の揺れが心地よく、彼の肩に頭をもたせて思わずうとうとしてしまった。不快なはずの満員電車でこんな気分良くなれるとは何とも運がいい。

麻奈美は遠山の体温を感じながら、きのう映画館で見た夢を思い出していた。

彼は夢の中で、とてもいやらしいことをたくさんした。麻奈美の座席の下に入りこんで性器を舐めつくし、骨抜きにした。その後で後方の場所に移って、立ったままバックで性行為をした。それればかりか途中で入ってきた客に指示して麻奈美を犯させたのだ。

彼は普段の印象と違って、とても支配的な態度で麻奈美は一切逆らえなかった。そして彼に服従することがますます快感を呼ぶのだった。

なぜそんな夢を見たのかわからない。だが遠山のクールさは、妙に麻奈美を掻き立てるものがあるのは事実だった。

電車の揺れに身を任せながら麻奈美はふと、手提げバッグを持っている手を彼の股間に当たるよう工夫した。少しばかり腕をねじるような格好になったが、ちょうどいい具合に右の手の甲が彼のズボンの股間に位置するように持っていけた。

コットンパンツをはいたそこは特に何の変わりもなかった。だがほんの少しだがもぞもぞと手首を動かしていくうちに、徐々に変化の兆しが現れてきたのだ。

最初は小さな塊を感じただけだったが、次第にしっかりとした形を成して、すぐに小ぶりのバナナ大にまで発展した。麻奈美はうれしくなって、しきりに手の甲を擦りつけた。上目づかいで彼を見上げたが、素知らぬ顔で吊り広告を眺めている。思わず勃起したことが恥かしくて麻奈美を見られないのだろうか。

いよいよ二人が降りる駅が近づいてきて電車が減速した。がくっと体が傾いた拍子に、麻奈美は空いているほうの左手で彼の股間をやんわりととらえた。予想通りそれは、窮屈なズボンの中でしっかりと立ち上がって天を向いていた。思わず唾がこみ上げてきた麻奈美は、ファスナーを下ろしたい衝動にかられた。

ナマのそれに触ってみたい。鉄のように硬く、熱く脈うつ感触を確かめて、できればすぐにでもしゃぶりつきたい……。

だが無情にも電車は駅に到着してしまった。彼のモノが麻奈美の手の中にあったのは、ほんの数秒だった。

ドアから押し出される時、彼はさりげなく麻奈美の腰に手を回してきた。乗り降りのどさくさにまぎれて胸を摑んだりヒップにタッチしてくる輩がいるのだが、彼の態度はあくまでも麻奈美をガードしている姿勢だった。

「遠山先生のおかげで助かりました。痴漢の高校生は、すぐに諦めてどこか行ってしまったみたいだわ」

麻奈美は駅の階段を上りながら、婉然《えんぜん》と微笑んで言った。

「それはよかった。お役にたてて何よりです」

「私たちのほうをしっかり見てたわ。恋人同士だと思ったかしら」

「さあ……でもそう思われたほうが痴漢よけにはなるでしょうね」

遠山の口調はあくまでも冷静だった。だがそういう彼も、麻奈美にタッチされて思わず股間を硬くしてしまったのだ。単なる肉体的な反応なのかもしれないが、胸を押しつけられ太股も擦りつけられて、多少はむらむらしたはずだ。

遠山は駅を出るとすぐそばにあったコンビニに寄って行くというので、麻奈美はひとりで学校までの道を歩いた。彼の股間を摑んだ左手がまだ少し湿っているような気がした。

第四章　ラブホで七回

その日は午前中に四時間授業がつまっている忙しい日なのだが、麻奈美は電車の中のことが頭から離れず、授業中もしばしばぼーっとしていた。

生徒にリーディングを指示したのに、読み終わっても気づかなかったり、簡単な単語のスペルをまちがえて生徒に指摘されたりした。

左手の感触が生々しく忘れられない。自分から遠山をその気にさせたというのに、思い出すだけでどきどきしてしまう。彼の股間は硬く盛り上がり、しっかりとした形を成していた。きっとあの状態のままでは歩きにくかっただろう。あんなに大きくなってしまうと、すぐには収まらなかったかもしれない。

満員電車という言い訳のおかげで体に触れられたのもよかった。ほとんど抱き合っているのと変わらない姿勢だったし、彼は麻奈美の腰に手をかけたのだ。今度はもっと薄着の時に体を密着させたい。たとえばプール、とか。

そういえばきょうはプールの開放日だ。彼のあのサイズでは、例の小さな競泳用スイムパンツからはみ出すことまちがいない。尻の割れ目も見えそうなほど小さなパンツは、当然人から見られることを意識しているだろう。今度はプールでその気にさせてみたいものだ。

麻奈美は水着やタオルはロッカーに置いてあるので、いつでも入れる。確か遠山も同じことを言っていた。久しぶりに誘ってみようか……。そんなことを授業中にもふと考えてしまうのだった。

休み時間、調べ物をしようと図書室にいると、廊下から男子生徒三人の話し声が聞こえてきた。

「麻奈美、きょうヤバくなかった？」

「眠そうだったよな、欠伸《あくび》ばっかしてたし」

「スペルは間違えるし、同じとこ二度読んだり。何かぼーっとしてたよな」

「寝不足なんだよ、ゆうべヤリすぎたんじゃねえの？」

「誰と？」

「オトコぐらい、いんだろ。あのカラダだぜ」

「あのおっぱい。あー、揉んでみてえ。片手で収まんねえよな」

「あー、吸ってみたい」

「あー、突っ込みてえ」

男子生徒たちのあからさまな会話に、麻奈美は廊下に出て行くのを躊躇《ためら》った。

「麻奈美に何でもしていいって言ったら、何するよ？」

「後ろからハメまくる」

「フェラチオさせて、口の中でイク」

「ドリンク、ドリンク。ごっくんさせる。お前は？」

「俺？　そうだな。麻奈美に全部してもらう。こっちは仰向けになったまんま、何から何までやってもらうんだ。上にのっかってケツ振ってもらおうかな」

「いいな、それ。年上の女ならそれも有りだもんな。ＯＬとつきあってた時、いつもそんな感じだった」

「お前、遊ばれてたんじゃねえの？　ＯＬっていくつだよ」

「ん、二十三だったかな」

「げっ、六つも上か。麻奈美はもっと上だろ。ババアだな」

「いいじゃん。俺、麻奈美なら遊ばれてもいいかな」

「えー、俺は自分からがんがんヤリまくりてえ。顔にひっかける、とか」

「おっぱいの間にナニを挟んで……ホットドッグのウインナー状態ってのは？」

「やっぱ上にのっかってもらいてえよ。ゆっさゆっさ、と巨乳が揺れて……」

「あー、何でもいい。だれでもいいからヤリてえよ。穴なら何でもいい」

「ナンパしに行くか」

「簡単にナンパにひっかかるような女、病気もってるぜ。やべえよ」

「OLのほうが安全か」

「奢《おご》ってくれるし、やらせてくれるし、楽だぜ、サイコー」

「うーん、OLか。いいかもな」

高校生とOLの組み合わせなど以前なら考えられなかったが、最近の若者は自分と合うかどうかより、楽につきあえる相手を選ぶらしい。もっとも麻奈美も大樹や他の生徒たちを都合よく利用してきたのだが。

チャイムが鳴って彼らが去ったので、麻奈美もそっと図書室から出た。


放課後、麻奈美は急いで地下のプールに向かった。生徒からの質問や教員との打ち合わせがあったので、予定の時間よりだいぶ遅れて到着した。水着に着替え、更衣室を出てプールに行く途中で遠山と会った。

「あら、遠山先生、もう出るんですか？」

「ああ、もうきょうは十分泳いだから。今、事務の人が二人、入ってますよ」

プールから上がったばかりの彼は、全身から水を滴《したた》らせていた。ほどよく筋肉ののった引き締まった肉体を目の当たりにすると、思わず視線が釘付けになってしまう。

「少しぐらいつきあってくださらない？」

「いや、きょうはちょっと、あまり時間が……」

「残念だわ」

麻奈美の視線はどうしても彼の下半身にいってしまう。きょうもまた、必要最低限の部分しか覆っていない競泳用のスイムパンツをはいている。

「珍しいですか？　これが」

遠山は口元を緩ませながら、自分のスイムパンツを指さした。

「いえ、何でそんなに生地を節約したような水着なのかなって、前から思っていたんです。かえって泳ぎにくいんじゃ……」

「べつに泳ぎにくいことはないですよ。何でって言われても、よくわかりませんが、バレエダンサーのタイツみたいなものかな」

「でもそれ、毛深い人には向かないですね」

「ははっ、確かにそうですね」

かなり小さなビキニなので、臍《へそ》のすぐ下まで陰毛があるような男性はむだ毛の処理が必要なのでは、と思ってしまったのだ。遠山はそんな心配がないぐらい、イルカのようなつるつるの肌をしている。陰毛はあまり濃くないのか、まったくはみ出していない。

朝、そこに触った時の感覚がまだ生々しく掌に残っている。あの時の状態では、明らかにこの小さなスイムパンツからはみ出してしまう。思い出すと胸がどきどきしてした。今、すぐにまたそこにタッチして刺激してやりたい。むくむくと嵩が増えて、ビキニパンツに収まりきれなくなる様子を見てみたい。ほんの少しパンツをずらしてやれば、勢いよく跳ね上がった逸物が飛び出してくるにちがいない。麻奈美はそのイキのいい肉柱にしゃぶりつき、ジュースを搾《しぼ》り取るのだ。想像しているだけで子宮のあたりが疼いてくる。

「まるで、はみ出しそうですよね」

「尻の割れ目が見えてます？」

遠山は突然くるりと後ろを向いた。形のいい引き締まったヒップを突きつけられて、麻奈美は思わず唾を飲んだ。

「ええ、ちょっぴり見えてますけど」

覗きこむようにすると、メロンのような尻の割れ目の上方部分を垣間見ることができる。

「そうか、ヤバいな」

「あら、わざとじゃないんですか？　サービスで見せてるとか」

「まさか。あなたの胸の谷間とはちがいますよ。あなたもはみ出しまくってますね」

「べつにわざとじゃありません」

「大きすぎて入りきらない、か。大変ですね」

「でも遠山先生のお好みじゃないんですよね」

「サイズは関係ないですよ」

「ルックスより中身重視なんですよね、先生は」

「あ、いやまあ……そういう話はまたいつか」

遠山は本当に急いでいるようで、もうプールには戻らなかった。

「ええ、それじゃあ。けさは、本当にありがとうございました」

彼は軽い笑みを浮かべると更衣室に消えた。

麻奈美はその後ろ姿を見送りながら、遠山がいないならプールに来た意味もないのでそのまま更衣室に戻ろうかと思った。だが先に入っていた事務員の女性に見つかってしまったので、少し泳いでいくことにした。

何か気持ちがすっきりしないので千メートル近く泳いでへとへとになった。息を切らせながらプールから上がると、いつの間にか麻奈美ひとりになっていた。ここに遠山がいれば絶好のチャンスだったのに……と未練がましい思いを胸に更衣室に向かっていた。

「なんだ、案外地味な水着じゃないか」

現れたのは榊だった。

「どうしたんです。こんな所にいらして」

彼は水着姿ではなかった。おそらく麻奈美を捜して来たのだろう。

「いやあ、プール開放日の利用状況を把握しておこうと思ってね」

自分でも見え透いた嘘と思ったのか、麻奈美と目を合わせようとしない。

「もう出るところです」

「ほう、そんなに早く更衣室に行きたいのか。人目につかない所でサービスでもしてくれるのかな」

「ここは五時までの使用なので、もうすぐ照明が落とされるんです」

榊はいきなり麻奈美に詰め寄り、ワンピース水着の両方の肩ヒモをはずすと水着を勢いよくずり下げた。何のためらいもなく、まるで人形の服でも脱がせるように手際がよかった。

「何するんですか！」

グレープフルーツを思わせる丸く重量のある乳房が紺の水着の下からぷるんと現れた。麻奈美はあわてて隠そうとしたが、榊の手が一瞬早く鷲づかみにされてしまった。

「何を着てもいやらしい体だ。まるで男に触られるためにできているようだな」

「やめてください。おもちゃじゃないわ」

「俺はお前の秘密を握っているんだから、おもちゃにされても仕方ないんだ。生徒をたぶらかして寝るような破廉恥な女教師だからな」

彼は手加減なしにぐいぐいと乳房を揉みしだき乳頭をつまみ上げ、指先で転がしたり引っ張ったりした。

「い、痛い……」

「なんだ、感じてないのか。そういうデカイおっぱいは感じ方が鈍いのかもしれないな」

そんなやり方で感じろというのだろうか。まったく神経を疑うような発言だ。

榊は、子どもがおもちゃに飽きた時のように麻奈美の胸からさっと手を引くと、すたすたと引き上げて行った。

榊の言いなりになるのは確かに嫌だが、理事長の織田のしつこさに比べたらまだマシだ。織田の異常に長くて執拗なクンニリングスに、感じているふりをするのも大儀なことだった。現在は療養中の織田がたまに学院にやって来ても、麻奈美に近づかないよう榊がガードしてくれる。

麻奈美は更衣室で水着を脱ぎ全裸になった。こんな体に生まれた宿命だろうか……としげしげと自分の肉体を見回した。榊に弄ばれた右側の乳首だけがピンと立って、今にもだれかに吸われるのを待っているようだった。


麻奈美は一旦は職員室に戻ったが、すぐに帰り支度をして校門を出た。

金曜の夕方だというのに何も予定がない。まだ五時で日も高いのでまっすぐ帰る気になれない。急な誘いに応じてくれそうな女友達の顔が何人か浮かんだが、連絡を取って時間と場所を決めて……と考えただけで億劫になってしまった。

ひとりでどこかふらっと飲みに入りたいのだが、コンサバティブなこの服装では二の足を踏んでしまう。いかにも遊んでいる風ではないのでかえって目立つかもしれないが、きっと声をかけてくるのは冴えない中年男だろう。普段は真面目で堅い女がたまたま失恋でもして、いたたまれずひとりで飲みに入ったと思われるにちがいない。そういう役割を演じてみるのも悪くないが、きょうは疲れることはしたくなかった。

校門を出てしばらく歩いていると、麻奈美のすぐ後ろをぴたりとついて来る人影に気づいた。振り返ってみて、思わず息を飲んだ。

「ずっと待ってたんだ」

例の痴漢高校生が、無表情な青白い顔で麻奈美を見下ろしていた。

「何の用？」

「いきなりそれはないでしょ。そんな怖い顔しないでください」

「されてもしょうがないでしょ」

麻奈美はまっすぐ前を向いたままで返した。

彼は痴漢からストーカーに変身したのだろうか。妙になれなれしい口調だった。

「ひょっとして、ここの先生ですか？」

「ちがうわ。事務員よ。それで気がすんだ？」

自分の身分がバレるのが怖くてとっさに嘘をついてしまった。

「話がしたくて待ってたんです。ほかに目的はありません」

「ほんと？　話がしたくて、あんな近づき方をしたの？」

「あ、あれは……反省してます。すいません」

レイプしておいて、すいませんの一言ですませるつもりだろうか。悪びれもせず、頭をぺこりと下げた拍子に前髪がぱらりと額に落ちた。瘦せた薄い胴体にひょろ長い手足がついているいかにも現代風の体型だ。

「でもやっぱ、怒ってますよね」

あまりに幼いのか、それとも図々しいのかよくわからなくなってきた。

「レイプされて喜ぶ女がいると思っているのね。そんなのビデオの中だけのことよ」

「あ、僕、そういうビデオとか、あんまり見ないんです。バカっぽい女しか出てこないから、興奮しないし」

「そういうビデオで処理してくれるほうが、ずっとありがたいのに」

「え、処理？　べつに僕は処理する目的であんなことしたわけじゃないんです」

「じゃあ、何なの。私とつきあいたいとでも言うの？」

「そう、その通り。でも近づく方法がわからなくて」

声をかけるより先に尻を触り、デートに誘う代わりにトイレに引きずりこんでレイプしたというのか。麻奈美はあきれて彼を見上げた。

「だけど何かもう、彼氏いるみたいですね。今朝いっしょにいた人、彼氏でしょ？　あんなにぴったりくっついてたもん。がっかりですよ。かなりショック」

「何がショックよ。自分のことしか考えてないのね。私がどれほどショックを受けたかわかってる？」

「あ、だから……すいません。あの、ついでに図々しいこと言わせてもらいますけど、こんな風に歩きながらしゃべるんじゃなくて、どこかに座って話しませんか？　駅の反対側に新しい店ができたんだけど……」

「私はそんなに暇じゃないのよ」

だが駅に着くまでの間に麻奈美の気が変わった。確かに彼は麻奈美に痴漢行為をし、レイプまでした憎むべき相手なのだが、妙に興味をそそられるのだ。

結局、麻奈美は彼といっしょにコーヒーを飲みに店に入り、一時間近く話をした。三百六十円のカプチーノは、麻奈美の分もいっしょにカウンターで支払ってくれた。

彼は俊哉《としや》といって、S学院の近くにある公立高校の三年生だった。大学受験を控えているが、どうせ浪人するのだからとのんびり構えている。麻奈美の生徒たちとはずいぶんな違いに驚いたが、教師であることは秘密なのであまり詳しく聞き出さなかった。

俊哉は決して社交的とは言えないが、かといってガールフレンドのひとりもいないようなタイプではなく、どうして痴漢行為などしたのか理解できなかった。ましてナイフで脅してレイプするなど、そんな凶暴性がどこに潜んでいるのか、普通に話をしている分にはまったくわからない。十歳も年が違わない生徒の考えていることが時々わからなくなって悩むのだが、俊哉も麻奈美の想像を超えるキャラクターのひとりだった。おとなしく礼儀正しく頭も悪くないのに、突然てのひらを返したように変身するのだ。

「名前、教えてくれますか？」

会話が途絶えた後で、突然切り出してきた。

「え、名前？……岩下マミ」

麻奈美はとっさに嘘をついてしまった。教師であることがバレるのが怖かったし、本名を名乗らなければならない理由もない。岩下の名字を借りたのは、無意識に口から出てしまったのだが、「マミ」は以前つきあっていたボーイフレンドが麻奈美を呼ぶ時に口にする名だった。もうそんな男のことなどめったに思い出さなくなっていたのに、なぜマミという言葉がすんなり出てきたのかよくわからなかった。

「へえ、いい名前だね。すごく合ってる」

まったく疑う様子もなく俊哉は笑った。彼のほうは、わざわざ学生証を見せたので本当だろう。

「そろそろ行かない？」

麻奈美がトレイを持って立ち上がろうとすると、俊哉は「そうだね」と言ってあっさり同意した。そして店を出ると、さっさと駅に向かって歩き出した。

「ねえ、ちょっとつきあわない？」

麻奈美はタクシー乗り場の前でふと立ち止まって言った。

二人は渋谷の裏通りでタクシーを降りた。日が長いのであたりはまだ夕闇に包まれる前で、行き交う人の顔もはっきり見えたが麻奈美は堂々としていた。変にこそこそするから見つかるのだ。公立高校の俊哉は、グレーのズボンに白い開襟シャツ、それにデイパックといういでたちだ。いかにも高校生のスタイルだが、麻奈美は彼と並んでラブホテルの門をくぐった。

部屋に入ると、彼は緊張している様子で途端に態度がぎこちなくなった。まさかこのような展開になるとは予想もしていなかったのだろう。

「先にシャワー浴びてくれば？」

俊哉は麻奈美の指示に素直に従い、さっさとバスルームに消えた。そしてすぐにシャワーの音が聞こえてきた。

「時間がもったいないから私も来ちゃった」

全裸の麻奈美が体を隠すこともなく、堂々とバスルームに入ってきたので、彼はぎょっとした顔をして、次の瞬間には目をそらせてしまった。

「あら、そんな顔しなくたって」

すると今度は図々しいぐらいにじろじろ見つめてきた。視線は麻奈美の胸に釘付けだ。

「洗ってあげるわ」

麻奈美は備え付けのボディ・シャンプーを掌に取り、直接彼の腹のあたりになすりつけた。

すでに逸物には力が漲《みなぎ》っている様子で、節《ふし》が少なくスリムだが十分すぎるほどの長さの棹が、重力に反して天を向いていた。

「ふふ、これすごい。ズッキーニみたい。知ってる？　ズッキーニって」

麻奈美は泡だらけになった手をゆっくりと彼の下腹に向かって伸ばした。あっという間に陰毛が真っ白な泡に包まれていく。

「聞いたことはあるけど」

俊哉は麻奈美の手元を見つめながらつぶやくように言った。

「外国の野菜。キュウリみたいなの。もっと太くて大きくて……表面はつるつるよ」

「見たことないけど……ああっ」

麻奈美がそれを握ると彼は苦しそうに呻いた。泡で包みこむようにしながら、繁みの中と茎を洗った。

「うう一ん」

「そんなに苦しそうな声出さないでよ。あ、これ、ぷよぷよしてる」

袋にも手を伸ばし指先で弄ぶように軽く揉むと、俊哉は大きく肩で息をついた。

「ああ、そんなことされると、たまんないよ」

「でもきれいにしなくちゃ……こっちもね」

麻奈美は人さし指を巧みに滑らせると、尻肉の割れ目に差し込みすぼまったアナルを探し出した。

「ううっ、そんなとこまで……ああ、感じすぎるよ」

「洗っただけよ」

シャワーのヘッドを摑むと勢いよく泡を洗い流した。

「きれいになったわ。あら、色つやがいいのね。先端がぴかぴかに光ってる」

麻奈美は彼の前にしゃがみこんだ。そして洗いたてのペニスをそっと手で捕まえた。

「食べたくなっちゃう、これ」

リップグロスがたっぷり塗られ濡れたように光る唇が、ズッキーニをとらえた。まず鈴口の部分だけ軽くくわえ、次にゆっくりと根元まで飲みこんでいった。髪の毛で隠しもせず、俊哉にはっきりと顔が見える角度でペニスにしゃぶりついた。

「す、すごいな。むちゃくちゃ興奮する」

「好きでしょ、フェラチオ」

「よくわかるね」

「これが嫌いな男なんて、いないわよ」

麻奈美は上目遣いに彼を見ながら、舌を突き出し柱の表面を丁寧に舐め上げた。舌先をひらひらと動かして節の部分をなぞったり、先端の切れ目をつついたりしてやった。

「ああっ……だめだ、もう出る！」

すると麻奈美は即座に口を離し、ペニスの根元をぎゅっと強く握った。

「うわあっ、びっくりした。何するんだよ」

「だって、イキそうだって言うから。そんなに早くいかせてあげない」

麻奈美はすました顔で再び肉棒に喰らいつき、せっせとしゃぶりあげた。わざと大袈裟に音をたてたり、口を鳴らしたり息を吹きかけたりした。軽くくわえてから頭を激しく振り、ピストンしてやると、俊哉は苦しそうに呻いた。

「だめだよ。刺激が強すぎる」

彼は麻奈美の頭を両手で押さえた。

「続けたらこのまま口の中に出しちゃうよ。気持ちよすぎる」

「じゃあ、これは？」

顔の前でそそり立っている棹を、麻奈美は乳肉の間に挟みこみ、両側から押さえた。ずっしりと重量のある乳房の谷間に、すんなりと長いペニスは居心地良さそうにすっぽりと収まった。

「挟んじゃった。どう？」

「うう……なんか、柔らかくて気持ちいいな」

「胸の小さい人にはできない技よ」

「その胸、すごいよね。ずっと前からいいおっぱいだなって思ってた。まさかナマで見られるとは夢にも思わなかったけど」

「後でいっぱい舐めてね」

「うん、吸いつきたいよ」

「あと、これを……アソコにも入れて。ハメられるの、好きなの……」

「うう、やらしすぎだよ……あっ、もうだめだぁ」

フィニシュは突然やってきた。麻奈美の柔肉に挟まれながら、彼のモノは発射した。

「あら、出ちゃったわね」

「ごめん。もうちょっとがまんできるかと思ったんだけど」

俊哉はさすがに少しバツが悪そうだった。濃く粘る白濁液が、豊満な曲線に沿ってどろりと流れた。麻奈美は汚された乳房をぐっと反らせて見せた後、自分の手で樹液を乳房になすりつけて伸ばした。

「見て、すごい量」

「あああ、そんなことする女、初めてだよ」

「ぬるぬるしてる。私のアソコも同じなの」

「ベッドで確かめよう」

「ねえ、まだそれ立ってるわよ。今、確かめてみない？」

麻奈美が指さした先には、少し角度が下がったものの相変わらずピンとそそり立っている肉茎があった。平べったい下腹部に向かってツノのように突き出ている。

「だって、出したばっかだぜ」

「あら、抜かずにそのまま二回目に突入ってこともあるじゃない。やったことないの？　若いのに」

「ないよ、そんなの」

麻奈美はバスタブの縁に手をつき、彼に向かって尻を差し出した。

「試してみれば？　ほら」

「ほんっとに、やらしい女だな、マミは」

急に名前を呼ばれてはっとしたが、次の瞬間、ぐさりと楔が打ち込まれた。

「あっ、ああ～んっ……いきなり、すごいのね」

「自分からねだったくせに」

「そうよ。ううっ、きくっ」

俊哉は緩慢に腰を動かした。あまり急いでまたすぐに終わってしまっては恥かしいと思っているのか、ピストンも慎重だ。

「はうっ……気持ちいい。すごく、奥まで届いてるわ」

彼のペニスは長いので、根元まで押しこまなくても十分に快感のポイントに達している。

「こっちもいい感じだよ。この間とはぜんぜんちがう。滑りが良いし」

「当たり前じゃない。トイレでレイプされたって、濡れないもの」

「濡れすぎだよ。ぐちゃぐちゃになってる」

「さっきのフェラですっかり興奮しちゃった」

「ああ、この中、あったかくてぬるぬるして……気持ちよすぎる」

俊哉は次第にピッチを上げてきた。腰の動きも小刻みだが着実で、キレがいい。

「あっ、ううーん。ツンツンつつかれただけで、アレが子宮の壁に届いてるみたい。もっとやってぇ」

麻奈美は彼のほうを振り返った後、背中を反らせるようにして腰をさらに高く差し出した。

「ああ、やってやる。がんがん突いてやるよ」

「はふぅ……後ろから突かれるの、好き」

「まさか、こんなスキ者とはね。俺に触られて、ほんとは嬉しかったんだろ」

俊哉は麻奈美の細いウエストを両手で押さえつけて固定すると、一気に加速してきた。生白い尻肉がせわしなく動き、それに合わせてザーメンにまみれた麻奈美の乳房もゆらゆらと重たげに振動した。

「おっ、おお……なんか、アソコが締めつけてるぞ。気持ちよすぎ」

俊哉は挿したままで動きを止めた。このまま動かし続けたら、すぐに果ててしまいそうになったのかもしれない。

「私、バックからだと締まりが良くなるみたいなの。みんなに言われるわ」

「ずいぶん大勢とやったんだろうねえ」

「そうでもないわ。ああ、ねえ、止めちゃいや。もっと突いてよ」

麻奈美はアナルのあたりにきゅっと力を入れてみた。これが締めつけの極意なのだ。

「うわぁぁ、だめだっ、出るっ」

彼はあわてて腰を引き長棹をずるりと抜き出すと、噴射しながら女肉の入り口とアナルに擦りつけた。

「ああ、また出ちゃった」

「アソコになすりつけたの？」

「うん。だって中出ししたらマズいだろ」

「いい心がけ」

麻奈美はシャワーで、体についた二回分のザーメンを洗い流すことにした。俊哉は先にバスルームを出てベッドにもぐりこんでいるだろう。たて続けに二回出してしまって疲れて眠っているかもしれない。

ボディ・シャンプーを直接体につけ、ぬるぬる粘つく濃い精液を落としたがなかなかさっぱりしないような気がした。特に乳房になすりつけた分は、乾いてパックしたようになっていた。おまけにひどく生ぐさい。

シャワーで丁寧に洗い流してからベッドに向かうと、案の定俊哉はシーツに体をくるんでぐっすりと眠りこんでいた。

「ボク……起きなさいよ」

麻奈美は俊哉の顔の前に胸を差し出しながら言った。大きな肉山が、下を向いているせいでずっしりと重たげに下がっていた。

「ん、ああ……」

ねぼけたまま薄目を開けた俊哉は、目の前に迫ってくる肉の塊を確認すると、本能的にそのピンク色の先端にしゃぶりついた。

「これが、好きなんでしょ」

吸いながら頷いた彼は、もう片方の乳房も摑んで手慰《てなぐさ》みに揉んだ。

「うん、おいしい」

「ああ、感じちゃう」

麻奈美は彼の顔に胸肉をぐいぐいと押しつけた。

「うわっ、窒息しそうだ。でもこういうの、夢だったんだ」

「こっちも吸って」

俊哉にしゃぶられた乳首はピンク色が濃くなりぷっくりと膨らんで、こぶりのチェリーを思わせた。彼はぱくっと喰らいつくと強く吸引した。

「ああんっ、感じちゃう」

麻奈美は悶えるように剝き出しの下半身を彼に絡ませた。だが彼は物も言わずに夢中で吸い続けている。

「だめ、嚙んだりしたら形が変わっちゃう……そう、そうやって口の中でころころ転がすようにしたり、時々吸ったり……ああ、いいっ」

「こんなにデカい胸は感度が悪いって聞いたけど、マミはちがうんだね」

「何言ってるの、すっごく感じるわよ。ほら、ここ触ってみて」

麻奈美は彼の手を取って自分の股間に誘導してやった。

「わっ、すげぇ。びしょびしょじゃん」

俊哉は陰部にあてがった指をそのままスリットの中にもぐりこませ、指を二本まとめて挿入してしまった。

「だめよ、いたずらしちゃ」

「簡単に入っちゃった。中、あったかくてぬるぬるしてる」

俊哉は内部の感触を確かめるように指を回してみたり、ツンツンつついたりした。

「ああんっ、そんなハンパなもの入れてじらさないでー」

「なに、またやりたいの？」

「だってぇ、刺激するんだもの、たまんない。早くアレを入れてぇ〜」

「マジかよ」

麻奈美は起きあがって自分から彼の腹の上にまたがった。ペニスはすでに十分役にたつ程度には勃起していた。

「ちゃんと立ってるじゃないの」

「それは単に生理的な現象だって。もう三回目だぜ。ペース早すぎ。少し休んでからでないと無理だって」

「休んだでしょ。若いんだもの、平気だって」

麻奈美は彼の平たい腹の上で自由に楽しんだ。肉棒の付け根を握りしめ、女穴にあてがってゆっくりと腰を沈めた。長棹はずぶずぶと女穴に入り、すぐに飲み込まれた。

「ほら、もう入っちゃった。気持ちいいでしょ」

「うっ、やんわり締めつけてる」

「ふふふ、私のここ、けっこうすごいのよ」

「けっこう、なんてもんじゃないよ……ああっ」

得意の腰技を開始すると、俊哉はたちまち夢中になった。麻奈美が勝手に動いてくれるので彼は仰向けになってされるまま、目の前でゆらゆら揺れる大きな二つの肉塊に手を伸ばし弄んでいた。

「どう？　こういうのもいいでしょ」

「うん、楽だし、気持ちいい」

「さすがに三度目だから、すぐにはいかないわね、よかった」

麻奈美は気持ちよさそうに、腰をひねったり回したり自由に楽しんだ。

「ほんっとに好きなんだね、セックスが」

「ええ、好きで好きでたまらないわ」

麻奈美は満足げに笑った後、ペニスを収めたまま膝を立て少しだけ腰を浮かせ、上半身をぐっと後ろに反らせた。

「ほら、こうすると繋がってるところがよく見えるでしょ」

「わっ、ほんとだー。よく見えてる。アソコにちんちんがしっかり入ってる」

子どものような感嘆の声をあげる俊哉を見下ろしながら、麻奈美はゆっくり腰を上下させた。潤滑油がたっぷりなので動きはスムースだ。

「あっ、動いてる。ばっちり見えてるぜ」

棹が女肉を出入りする様子がはっきりと見てとれた。幹は粘液が絡みついて濡れ光っていた。

「こういうの、見たことないでしょ」

「うん。なんか、新鮮なアングルだよな。すっげえ、やらしい」

「こうやって腰を沈めると、アレが深いところまで届くの。ああ……感じちゃう」

麻奈美は眉間《みけん》に皺《しわ》を寄せ、頭をのけ反らせて恍惚《こうこつ》の表情を浮かべた。そして気を取り直したかのように、小刻みに尻を振り始めた。

「スゴすぎだよ。先っぽがむずむずする」

「いいわよ、このままいっちゃって」

「だめだよ。止まって」

俊哉は、麻奈美が腰を振るのを止めさせようと尻たぶに手をかけたが、一瞬遅かった。

「が、がまんできないよ、出そうだ……出るっ！」

麻奈美は苦しそうに顔を歪める彼をひややかに見下ろしながら、激しく腰を動かし続けていた。

「あらら、もう、いっちゃったの？」

「うん。思わず中出ししちゃったよ」

「がまんできなかったのね、ふふ」

麻奈美はようやく彼の腹から下りた。引き出したペニスはまだ力を失うことなく、ぴんと立ったままだった。

「あー、またいっちゃった」

その後も少し休憩してはまた始めるといった繰り返しで、俊哉は何度も何度も射精させられた。麻奈美はまったく疲れることを知らない様子で、若い彼の肉体に挑み続け、樹液を搾り取るのだった。ひたすらペニスに刺激を与え、勃起させ噴射させるといった単純に動物的な刺激反応を繰り返すのだった。

「勘弁してよー。俺、もう一滴も出ないよ」

遂に音《ね》をあげたのは七回目が終わった後、うとうとしている俊哉の股間に麻奈美が手を伸ばした時だった。

「若いのに、何言ってるの、情けないわね」

麻奈美は小さな肉塊になって眠りにつこうとしているペニスを鷲づかみながら言った。それは麻奈美の掌の中で刺激を受け、またしても頭をもたげかけていた。

「だめだって。先っちょがヒリヒリしてるんだ。出しすぎだよ」

「少しぐらいがまんしなさいよ。女の子はみんな、最初は痛いのがまんしてるんだからね。自分にその気がなくて、無理に入れられる時もよ。濡れてないのにねじこまれ、ピストンされて……すごく痛いのよ。想像できる？」

麻奈美はまだ固まっていない逸物に喰らいつき、音をたててしゃぶりあげた。

「うう……だめだって。もう出ないよ。ああ、助けて」

俊哉は、自分の意志とは無関係に刺激を受ければ立ってしまうペニスをいまいましそうに見下ろした。

第五章　二度目のロスト・ヴァージン

ホテルでの一件以来、俊哉は麻奈美に畏《おそ》れをなしたのか、同じ電車には乗らなくなっていた。もう麻奈美と関わるのは懲りただろう。トイレでレイプされた仇《かたき》をとるため、麻奈美は俊哉に迫って何度も挑んで精液を搾り取り、一滴も出なくなるまで放出させ続けたのだ。挙げ句に、疲れ果てて寝込んでしまった彼をひとり置いてホテルを出てきた。おそらくかなりの延長料金を払う結果になっただろう。

俊哉が同じ電車に乗らなくなっても遠山のガードは続いていた。そして毎朝のように彼と体を密着させ、時には抱き合うような格好で夢のような数分間を過ごしていた。

「毎朝、本当にすいません。でもあの電車、すごく痴漢が多くって。あの高校生以外にもいるんですよ、若いサラリーマンとか。ストレスたまっているんでしょうね」

麻奈美は俊哉がいなくなってもガードを続けてもらうために、嘘をついていた。

「僕なら構いませんよ。どうせ同じ路線で通勤するんだし。お役にたてるならいくらでも」

「心強いです。遠山先生のガードがあれば痴漢も手出しできないですから」

混んでいる車内では、成り行きで遠山が麻奈美の肩に手をかけたり、軽く腰に手を回したり、といったこともあった。そのたびに麻奈美は小娘のようにどきどきして、彼がもっと強く抱いてくれることを想像した。自分から胸を押しつけたり、腿を擦りつけたりはしたが、彼のほうから積極的なリアクションはなかった。

ある朝、麻奈美はいつもより体にフィットしたサマーニットと、タイトスカートといういでたちで出勤した。このスカートの時はTバックを着用することにしている。スカートはウエスト部分を折って丈を短めにした。学校に着いたら元の長さに戻せばいい。もちろんストッキングははかず生足《なまあし》にヒールのサンダルだ。ブラも谷間を強調するタイプのものをつけ、ニットのボタンも多めにはずし、角度によってはちらちらと胸の膨らみが見えるように工夫した。髪はアップにまとめうなじを露《あら》わにし、オリエンタル系のコロンを軽くつけた。

こんな女が満員電車で隣りに立っていたら、ストレスがたまっていなくてもむらむらするかもしれない。車内は立錐の余地もないほど混んできたが、あちこちから麻奈美に注がれる視線を感じていた。もちろん隣りでガードしている遠山の眼差しもだ。挑発的に高く突き出た胸と、ヒップラインとウエストを強調したスカート、それに生足、ほんの短い袖から伸びた剝き出しの腕。わずかな汗で光る白く細いうなじ……男たちにとって目の毒以外の何物でもない。

「すいません、後ろから押されちゃって」

「大丈夫ですか？」

麻奈美は遠山に密着するため適当な言い訳を口にし、さらに体を擦り寄せた。前の晩、テストの採点であまり寝ていない麻奈美は、さすがにすし詰めの状態が体に辛《つら》かった。遠山の肩に頭をもたせるようにして、少しうとうとしてしまった。

その時、スカートの裾が持ち上がるのを感じた。僅《わず》かに湿り気を帯びた手が麻奈美の太股にじかに触れた。掌全体で撫で上げるようにした後、急に方向を変えてヒップに回った。スカートはもうかなり上までまくれているが、隙間なく人が立っているのでだれからも見えない。

器用に動き回る手はTバックをはいた尻に狙いを定めたようだ。両方の尻たぶは、細いヒモがヒップの割れ目に食い込んでいる以外はほとんど剝き出しなので、ベタつく手はじっくりとその感触を味わうことができた。剝き卵のようななめらかな肌と、ふっくら張りのある肉感を掌全体と指で確かめているようだった。時折その弾力を確認するように、きゅっと指で尻肉をつまむ時に少し痛みを感じたが、それ以外はねっちりとした動きだった。

遠山に触られていると思うと、不快どころか大いに歓迎したい。麻奈美は少しでも彼の手が自由に動けるように、自分から体の向きを工夫したりスカートを持ち上げるのを手伝ったりした。そのせいか、最初はおずおずと慎重だった手の動きが、次第に大胆になってきた。

さんざん尻を触り尽くしてしまうと、悪戯な手は今度はフロント部分に移動してきた。パンティから少しだけはみ出した恥毛を指先で弄ぶようにいじった後、指を中に滑らせてきた。あっという間にスリットを見つけると、中にもぐりこませてきたのだ。

彼の大胆な行為に驚きながらも、麻奈美はされるままになっていた。電車の中でどこまでやるのだろう……。彼がその気なら、受けて立とうと。

亀裂の内部は恥かしいほど濡れそぼっていて、彼の指はぬかるみの中を進行していった。麻奈美は身動きするのも難儀な状態だったが、ぴったり閉じていた足を精一杯広げて彼の指が不自由なく動ける手助けをした。いっそ邪魔なパンティなど引きちぎってしまえばいいのに、と思った。ちっぽけな布きれの中で彼の大きな手は器用に動きまわって花弁を広げ、蜜の湧き出る壺口に指を突き立てた。

ああ、欲しい……指じゃなくて、本物が。

麻奈美は粘つくような視線を遠山に向かって投げかけた。だが彼はそしらぬ顔で吊り広告を眺めていた。女肉をまさぐりながら、人さし指と中指の二本をまとめて挿入し、親指で探りあてた真珠粒をなぶった。

最も敏感な芽を刺激されて、麻奈美は何も考えられなくなってしまった。たったひとつのことを除いては。肩でため息をつくと、麻奈美は迷わず即座に行動を開始した。彼のズボンに手を伸ばし、ファスナーを下ろしたのだ。それなのに彼はまだ平然としていた。

中に手を差し込むと湿った肉茎が触れた。当然それは大きく跳ね上がり、太く硬く成長していつでも女穴に突入できる準備が整っていた。

びしょびしょに濡れたヴァギナに、ぴんぴんに勃起しきったペニス……こんな近くにあるのに合体できないなんて。麻奈美は気が狂いそうになっていた。遂に自らの手でTバックのパンティをちぎってしまった。

さあ、どこからでも入ってきて。

肉棹を誘導し、スリットにあてがい、ぐさりと楔が………。

だがその瞬間、電車ががたっと大きく揺れた。

「あ、大丈夫?」

遠山が麻奈美の顔を覗きこんだ。

「ええ……あ、すいません。ぼーっとしてしまって」

「寝不足じゃない?」

「そうですね。私、うとうとしてました」

麻奈美は思わず顔を赤らめてしまった。もちろんパンティは引きちぎられていなかったし、遠山のズボンもファスナーは下りていない。麻奈美は満員電車に揺られながら夢をみてしまったのだ。彼が出てくる夢は何度かみているが、いつもセックスがらみでかなり猥褻《わいせつ》なのだ。電車を降りて駅の階段を上りながら、麻奈美の股間は夢にみた時と同じようにぐっしょり濡れていることに気づいて、ますます恥かしくなってしまった。薄くて小さなパンティの生地を通してしみ出るかと思うほどの濡れ方だった。

午前中は授業が詰まっていたが、ようやく午後の五時間目になって空き時間ができた。だがそれを待っていたように、麻奈美は榊に呼び出された。

場所は織田が不在の理事長室だった。以前、麻奈美は何かと理由をつけられては理事長の織田に呼び出され、彼の慰み者にされていたのだ。

「いいんですか、この部屋を勝手に使って」

「ああ、俺は理事長に信頼されてるからな。秘密の用事もいろいろ言いつけられているし。ここで彼があんたに何をしたかも全部知ってるんだ」

「話は全部、筒抜けなんですね」

「話だけじゃないよ。理事長はここでこっそりビデオを撮ってたんだ。彼の趣味でね。知らなかっただろう」

「ええっ、ビデオですって？　それを見たんですか？」

「まあ、落ち着いて。ここに掛けなさい」

麻奈美は榊から少し距離を置いてソファに腰かけた。座るとタイトスカートの裾が持ち上がってかなり膝上丈になってしまうが、話に驚いて裾を気にするどころではなかった。

「引き出しに8ミリビデオが置きっぱなしになっているから持ってきてくれって、頼まれたんだ。持って行く前にしっかりチェックしたよ、内容を。あんたの恥かしい姿がたくさん映ってたな」

「やだわ、ビデオ撮っていたなんて、ぜんぜん聞いてません」

「こっそり撮るからいいんじゃないか。しかし、理事長もあの年でよくやるよ。ずいぶんなもんだなあ。じっくり鑑賞させてもらったよ」

「しつこいんです。長いし……」

「じゃあ、こっちもたっぷりサービスしてもらおうか。きょうはまた、ずいぶん体の線を強調した服だな。男子生徒たちが騒いでたぞ」

榊は話しながら麻奈美ににじり寄ってきて、サマーニットの衿から無遠慮に手を入れてきた。きっちりと上までボタンをはめていたのだが、いつの間にかはずれて胸の谷間がのぞいていたのだ。

「麻奈美の爆乳に触りたい、とかケツを抱えて後ろから突っ込みてぇ、とか……」

「あの年齢の男子が考えることなんて、どうせそんなことばっかりですわ」

麻奈美はさりげなく、ビデオカメラが回っていないか目で探しながらも、榊のされるままになっていた。

「カメラはないよ。だから逆に何だってできるんだ。さあ……」

彼はにやりと笑ってズボンを下ろした。

「この部屋、鍵がかかりませんけど」

「だから机の後ろでさせたんだろ。さ、あっちに移動だ」

「理事長の椅子にお座りになるんですか？」

「あんたも何度も座っただろう。恥かしい格好で。足を広げて、理事長のしつこいクンニにヒイヒイ言わされてたなあ」

彼はズボンと下着をまとめて下ろすと、革張りのどっしりした肘掛け椅子に腰を下ろし、自分の足の間に麻奈美を招き入れた。

「さあ、しつこくフェラしてもらうぞ」

もう何度となく見慣れた肉棒が目の前に突き出された。赤黒くずんぐりしているが、亀頭部分は傘のように大きく張り出している。少し右に反っていて血管がびくびく浮き上がっているのだ。まだ勃起が十分ではなかったので、麻奈美はそれを手づかみにして掌で包みこむようにして握った。

「理事長のクンニに何回もいかされたのか？」

「そうでもないです。多少は演技しないと。何しろしつこくて」

「そうだな。舐めまわしてるだけで芸がないしな」

「とにかく長くて。途中で飽きちゃうんですけど、理事長はずっと」

「あのおっさん、前戯がいちばん好きなんだそうだ。さあ、早くしゃぶってくれ」

せかされて麻奈美はようやく肉棹を口にした。もう何度もさせられているので別段珍しくもないし抵抗もなくなったが、彼に弱味を握られていなければ絶対にこんなことにはならなかっただろう。

麻奈美は軽く口に含んだままピストンを開始した。歯をたてないように注意し、単純に頭を振るように上下運動を繰り返した。もう口いっぱいの嵩にまで膨れあがってしまった。

「理事長が言う通り、あんたは天才的にフェラがうまいな」

早くいかせたいので夢中で逸物を吸っていると、榊が麻奈美の頭を両手で止めた。

「そんなに焦っちゃだめだ。早く終わらせたいんだろうけどな、ははは。ほら、くわえたまま、こっちを見ろよ」

麻奈美の魂胆《こんたん》をあざ笑うように彼は言った。先ほどは否定したが、やはりどこかにビデオカメラを隠していないか、麻奈美はしゃぶり続けながらもさりげなくチェックした。

「あんたのように気の強そうな女がフェラしてる時の顔を見るのが好きなんだ。理事長みたいに隠し撮りする趣味はないよ」

彼は麻奈美の考えていることなどすべて見透かしているのだ。ひややかに笑いながら、麻奈美の額や頬にかかった髪を後ろに撫でつけ、顔がよく見えるようにした。

「うん、いい顔してる。ちんちんをくわえている時はどんな女も美人だな。余計なおしゃべりはしないし、おとなしくて従順に見えるからな」

麻奈美はしゃぶるのをやめて舌を突き出し、子どもがアイスキャンディーを口にするように大きく舐め上げた。付け根から亀頭に向かって一気にすくい上げ、節の部分は小さく舌を這わせ鈴口だけ含んで吸ったりした。

「いいぞ。あんたのこのテクニックは岩下氏の指導のおかげなのかい？」

ペニスの表面に唇を滑らせながら麻奈美はこくんと頷いた。

「週末にまたたっぷり手合わせするからな。体を空けておきなさい。彼が若いのをひとり連れてくるそうだ。楽しみだよ」

最も深くくわえたところで榊は射精したので、麻奈美はむせそうになった。喉奥に熱いものが迸《ほとばし》るのをはっきりと感じていた。

次の日曜日、麻奈美は榊に言われた、指定の旅館にひとりで赴《おもむ》いた。榊が車で迎えに行くと言ったが、断ってひとりで行った。

落ち着いた雰囲気のその旅館はいかにも訳ありの男女の密会に使われそうな場所で、部屋に案内した仲居はまるで黒子のような存在だった。こういった集まりでは、約束の時間より少しだけ遅刻していくことにしているのだが、きょうにかぎって時間前に着いてしまった。だが岩下と相手の女はすでに着いている様子だった。

部屋は続きでふたつ用意されていたが、襖《ふすま》を開ければ広めの一部屋として使える。榊はまだ到着していなかったので、麻奈美は所在なく畳の上に座り、出されたお茶を飲んでいた。

すると隣りから「麻奈美」と呼ぶ岩下の声が聞こえてきたので、おそるおそる襖を開けてみた。こちらに背中を向けていた岩下がゆっくりと振り返った。

そこにはすでに布団が一組敷かれていて、女がひとり横たわっていた。清楚なワンピース姿の若い女だが、スカートはウエストまでまくられ下半身は剝き出しだった。岩下は彼女の股間に顔を突っ伏すようにしてカミソリの刃を当てていたのだ。麻奈美は所在なげに立ちつくして、きれいに陰毛を剃り落とされたふっくらと若々しい局部に目をやっていた。

「麻奈美、紹介するよ。これは、千春。二十一歳だ」

岩下が顎で指した女はそれまでじっと目をつぶっていたが、ようやく薄目を開けて麻奈美を確認した。

「ああ、ごめんなさい、こんな格好で。今、動けないんです。私、千春と申します」

「……麻奈美です」

千春という女はそんな恥かしい場面を見られたというのに、堂々としていた。かつての麻奈美のように、岩下に調教されいろいろと教えこまれているのだろう。

「こら、じっとしてないと大事なアソコを切るぞ」

「すみません」

うっとりしているようにも見える潤《うる》んだ目は、完全に岩下の支配下にある証拠だ。

「二週間前に全部剃ったんだがね。また少し生えて無精ひげみたいになったんで、きれいにしてるところなんだ」

「またやってるの。あなたも好きねえ」

「麻奈美さんも、したことあるんですか？」

千春は宙を見つめたまま言った。

「もちろん何回もあるわ。彼はどの女にも必ず一度はこれをするの。自分が支配していることを誇示したいんでしょ」

麻奈美は「岩下の女」としては先輩なので毅然と言い放った。

「いやあ、たいした理由なんかないよ。ただやってみたいから。それに俺以上に、このつるつるが好きな男が今からやって来るし」

「お相手の方、どんな人なのかしら」

千春はスワッピング体験は初めてのようで不安げな様子だった。

「ただの変態よ、ふふ」

「ええっ、どんな風に？」

「おい、動くと切るぞ。中も剃るから膝を立てて。ところどころ剃り残しがあるから、きれいにしておかないとな。もっと足を広げて」

岩下の一言に千春は反射的に応えた。かつて麻奈美がそうであったのと同じで、彼女は順調に調教されているようだ。千春はまったく恥かしがる様子もなく即座に足をM字型に広げ、T字カミソリを手にした岩下がそこに顔をつけるようにして剃った。チリチリという軽い剃り音が静かな部屋に響いた。

「その人、手荒なことはしないでしょうね。私、怖い」

「千春は俺以外の男に抱かれるのは初めてなんだよ」

岩下は股間から顔を上げながら言った。

「ええっ、じゃああなた、彼女の処女を奪ったの？」

「ヴァージンだなんて知らなかったし、特に何も言わなかったからな」

「私がわざと黙ってたんです。だって二十歳過ぎてるのに処女ってわかっただけで、みんな引いちゃうし。同世代の男の子はみんなそうだった。でも先生なら大丈夫かなって」

「私も彼が初めての相手よ。十八で教え子だったの」

「そうなんですかぁ」

「そうやってヴァージンを捨てた女の子が、ひとクラス分ぐらいはいるんじゃない」

「おいおい、それは大袈裟だ。俺は榊のようなロリコンじゃないからな」

岩下はカミソリを手にしたまま顔を上げた。ずいぶん丁寧に剃りこんでいるようだ。

「え、でも私、ロリータっていうトシじゃありません」

「榊さんは本当のロリコンじゃなくて、そういう雰囲気の女の子が好きみたいよ。あなたは私よりはずっと彼のタイプだと思うわ。ねえ、先生？」

「うむ、そうだな。最初、千春を見た時、一目で榊のタイプだと思ったよ」

「でも、先に自分で味見してから彼に紹介するわけね」

「ずっと自分のモノにしておいてもいいんだが、独占するのはもったいなくてね」

「へえ、彼女、そんなにいいんだ。私なんかもうお払い箱ね」

「麻奈美はもう成長したから、俺がいなくても十分にスケベな女だ。教えたことは百パーセント自分のものにしたな」

もちろん岩下の言っていることはもっともだ。それどころか彼が知らないことも麻奈美はたくさん経験している。彼の息子と関係していることもそのひとつだし、ノーパンで授業をしてみたり、痴漢した男子高校生をラブホテルに誘ったこともだ。

とはいえ、長年慕っていた岩下が自分以外の若い女を相手にしているところを見ると、やはり複雑な心境だし嫉妬もする。千春は麻奈美より五歳も若く、体は初々しいだろうし、セックスの教えがいもあっただろう。

「さあ、できた。きれいに仕上がったぞ」

岩下はタオルで土手をきれいに拭い、自分の作品にしげしげと見入った。

ちょうどその時、隣りの部屋に榊が到着した。千春はあわてて体を起こし、ワンピースの裾を下ろして服の乱れを整えた。

「やあ、君が千春さんかい？」

いつにない榊の弾んだような一声に、彼がどれほど千春を気に入ったか推し量ることができた。

それから三十分もしないうちに、千春と榊のタッグが開始された。静かに立ち上がってワンピースを脱ぎ全裸になった千春を、榊はまぶしそうに見上げ、特に剃りたての股間に視線が釘づけになった。

麻奈美と岩下は隣りの部屋から見学することにした。近すぎず遠からず適当な距離をおくのがスワッピングの基本だ。あまり至近距離にいては興ざめだし、かといって視線がまったく気にならないほど遠くにいるのも刺激にならない。囁き声や音がわずかに聞こえるぐらいに離れているのがいい、とかつて岩下が言っていたのを思い出した。

榊はしばらくの間じっと無毛の丘に顔を寄せ鼻先を擦りつけていたが、ふと我に返ったようにしげしげと彼女を見上げた。

「恥かしいわ……そんなにじっと見ないでください」

千春は消え入るような声で言った。だが手で体を隠すわけでもなく、全裸のまま胸を突き出して立っていた。千春は小柄で華奢だがそれなりに均整がとれた体つきだ。こぶりながらも乳房は形良くツンと上を向いているし、平たく贅肉のまったくない腹部、まだ熟しきっていない小さなヒップは二十一歳というより無垢《むく》な女学生のようだった。

「ああ、食べるのがもったいない」

榊は千春を仰向けにさせて、それからおずおずと乳房に手をかけた。まるで宝物にでも触れるような慎重な手つきだ。麻奈美の髪を摑んで無理やり口で奉仕させる時の態度とは大違いだ。肉丘は榊の掌にすっぽり収まってしまうほどのサイズで、まだ固そうな蕾もごく小さく薄い桜色だ。彼はその先端に軽くキスした後、全体にじっくりと舌を這わせた。時折、舌先で乳頭をなぶったり吸いあげたりすると、千春は控えめに小さく声を漏らし、眉間に浅い皺を寄せた。

「千春はけっこう胸が感じるんだ」

岩下は見学しながら手慰みで、麻奈美の胸をまさぐり始めた。ブラの中に手を押しこみ、まるで摑み出すような手つきだ。

「千春さんとはどのくらいつきあってるの？」

「半年ぐらいかな」

「ええっ、そんなに？　じゃあ、もう百回ぐらい抱いたわね」

「まさか。こっちもいろいろ忙しいからそんな暇ないよ。二、三十回ってとこだな」

「嘘。そんな少ないはずないじゃない。もっとでしょ？　何度も泊まっているんでしょ」

岩下は質問を無視するように、麻奈美のワンピースとブラを剝ぎ取りパンティ一枚にしてから抱き寄せた。彼は自分に都合が悪くなると、いつもそうやってはぐらかすのだ。

「私とつきあい始めた頃は、毎日のように会ってたじゃない。あなたは新し物好きよね」

麻奈美は少し声をあげて、千春にも聞こえるように言った。思った通り千春は反応してこちらを見た。

「あの頃は今より若かったからな」

「狂ったようにセックスしたわよね。ほとんどケダモノだった」

千春は榊に体中を舐めまわされながら、せつない眼差しで岩下を見ていた。榊は会話など耳にも入らないといった様子で、下腹から無毛の土手へと責めにかかった。

「ここ、すべすべだね。とっても柔らかくて、すごくきれいだよ。おいしそうだ」

最初はぴたりと閉じたままの丘を、亀裂に沿って舐めあげふっくらした感触を存分に味わった。

「ああ……」

幼さの残る顔が羞恥で歪んだ。

「毛がないと、じかに舌が触るから感じるだろう」

榊は舌先で器用にスリットをこじ開け内部に進入していった。

「ああ、きれいに剃れてる。つるつるだね。食べちゃうよ」

千春のかぼそい両足を摑むと左右に大きく開かせた。石榴《ざくろ》のような陰唇がぱっくりと口を開けた。

「いやあん、恥かしい」

「うん、恥かしいなあ。すごく恥かしい格好してるよ」

「やめて」

遂に千春は自分で顔を覆ってしまった。だが下半身はそのままなので、剃られた恥部は剥き出しで榊の前にさらされている。

「ああ、おいしい」

彼は派手に音をたてて女肉を食した。舌づかいや唇の摩擦音が麻奈美たちのところまではっきりと聞こえてきた。

「私のなんか、一度も舐めたことないわよ、彼」

麻奈美は小さな声で岩下に囁いた。

「タイプと違うからさ。彼はすごく好みがうるさいんだよ。俺とちがって」

「そうね。あなたはいっぱい舐めてくれたわ。とろけそうになるくらい。毛も剃られたしね、何度も」

今度は聞こえるようにはっきりとした声で言った。麻奈美の言葉に、千春はいちいち反応して二人を見ている。麻奈美は千春の視線を意識して、大きな乳房を誇示するように岩下の体に胸を押しつけた。すると彼は乳首を吸い始めたので、ところどころ白髪の目立つその頭を腕の中で抱きしめた。

「ねえ、私のおっぱい、好き？」

「ああ、大好きだよ」

「あなたとつきあうようになってから、みるみる大きくなったのよね。こんな体になったのは、あなたのせいだわ」

「いやらしい体だ」

麻奈美は胸に愛撫を受けながら、大袈裟に喘いだり悶えたりした。もちろん千春を意識してのことだ。

「ねえ、早くしたい。パンティ脱いでもいい？」

「まだまだ……あっちも始まってない」

二人の会話が聞こえたのか、榊はようやく千春の股間から顔を上げた。

「君、だいぶ濡れてきたよ。ほら、これ」

彼は千春の秘部に人差し指を挿した後、すぐに抜いて彼女の顔の前に差し出した。

「こんなにべとべとになってる。だいぶ女の匂いもしてきたし」

「いやぁん、恥かしい」

「準備もできたみたいだし、そろそろいいかな」

榊は手早く服を脱ぎ始めた。

「あのぅ……ええと、ほんとにするんですか？　セックス」

「当たり前じゃないか。そういう約束だろ」

「でも私、なんか怖くて」

「今さら何を言い出すんだ。処女でもあるまいし」

トランクス一枚になった榊はそれまでと違って急に厳しい口調になった。

「だって私、先生以外の男の人とはまだ一度も……本当です」

千春は急に恥かしくなったのか自分の手で胸を隠した。

「おいおい、話がちがうだろ」

榊は振り返って岩下を見た。

「千春、納得してここに来たんだから、彼の言う通りにしなさい」

岩下はまるで教師のような口調で千春を諭《さと》した。

「でも……私、怖くて」

「最初だけだ。大丈夫、彼に任せて」

「はい……じゃあ、わかりました」

千春は観念したのか胸を隠していた手を下ろし、じっと目をつぶった。

「それじゃ、まるで死体じゃないか」

「すいません。私、慣れていないもので」

「これにも慣れていないのかな」

榊は一気にトランクスを下ろし、見事に跳ね上がったペニスを千春の顔の前に突きつけた。

瞬間、千春はぱっと顔をそむけたが、彼はその反応を面白がるように千春の手を取って肉棹を握らせようとした。

「いやっ……」

まるでおぞましい物でも見たかのように、千春はすぐに手を引っこめた。

「そうか、そうか。君は先生のモノしか触ったことがないんだな」

「見たこともないです」

「じゃあ、きょうはいい勉強になるぞ」

「ああ、でもやっぱり……私、来なければよかった」

千春は泣き出しそうな顔になっていたが、榊は情け容赦なくほっそりした太股を押し広げ、砲弾の狙いを定めた。

「何よ、あの子、ブリッこしてるの？　それとも本当にあんななの？」

麻奈美は岩下の膝の上に座りながら小声で聞いた。

「初めての時も大騒ぎだったんだ。二日がかりでようやく挿入までこぎつけた」

「へえ、今どきは中学生でももっとススんでるかも」

榊は今、まさに千春の上にのしかかるところだった。

「あー、いやいや。やめてください」

千春は下から榊の胸を突いたが、彼はびくともせず徐々に腰を沈めていった。

「こら、いいかげんに観念しろよ。痛いのは最初だけですぐよくなるから。もう彼には数えきれないほど抱かれてるんだろ。ヤリまくってるくせに」

榊は最初はつんつんと軽くつついて入り口をこじ開けていたが、そのうち一気に打ちこんでいった。

「い、いや〜っ、先生、助けて、お願い」

千春は岩下に向かって手をさしのべた。だが彼は薄笑いを浮かべたまま、麻奈美の乳房をまさぐっていた。

「体の力を抜いて。これじゃ、入っていかないよ」

「どこまで入った？」

「ん、まだ亀頭だけ」

「千春、緊張しなくていいから、深呼吸して楽にするんだ」

「今、いちばん太いところが通過してるから、ここが過ぎればだいぶ楽に……ああ、それにしてもキツイな」

「それでも広がったんだ」

「なかなか入っていかない」

「おい、抵抗しても彼は無理やりでもねじこむぞ。そういうヤツだからな」

「そうだ、根元まで入れてやる」

榊の実況中継に岩下が答えるといった具合だったが、麻奈美も参加したくなってきた。

「入ってくるものを押し返そうとすると痛いだけよ。自然に受け入れたほうが楽なのに」

「ほら、先輩も言ってるぞ。この人はベテランだからな」

「ひどい。それじゃまるでやり手ババアじゃないの」

「やり手ババアはこんないいおっぱいしてないし、それにこんなに……濡れない」

岩下はパンティに手を入れて女肉に悪戯した。

「せ、先生……なんか、入っちゃったみたい。でも、すごく痛いの」

岩下より榊のほうが一回りペニスのサイズが大きいので痛むのも無理はない。おまけに岩下のほうがテクニックがあるし余裕もある。それに何より榊のような自分勝手なセックスはしない男だ。二人目の相手が榊というのは少し気の毒だと思った。

「うむ、深々と入ったぞ。根元まですっぽりだ」

「おお、それはよかった」

「しっかしキツイな。今から動かすけど……」

「痛い、痛いっ。やめて、動かさないで」

ピストンが始まった途端、千春が叫び声をあげた。

「うるさい！　少しはがまんするんだ」

榊は千春の尻をぴしゃりと叩くと、両足を抱えこむようにして即座にピストンを開始した。痛がる千春に容赦しない打ち込みが続き、彼女は半ベソをかきながら必死で岩下を見つめていた。

「あ、アソコが……壊れちゃいそう」

「セックスでま◯こが壊れた女なんて聞いたことない。がまんしていれば、そのうちよくなってくるから」

榊は挿したまま腰の動きを止め、平たくなった乳房にキスし固くなっている乳頭に音をたてて吸いついた。

「あっ……あああん」

「そうだ、だいぶ体の力が抜けてきた。おお、だんだん滑りがよくなってきたぞ」

今度はスムースに抜き挿しができているようで、スピードもぐんぐん上がっていった。肉がぶつかるぴたぴたという音も聞こえてきた。

「すごい。こりゃ、あんまりもちそうもないぞ」

「なかなかいい締まり具合だろう」

「ああ、やっぱり経験が少ない子は違うな」

「入り口が巾着みたいに締まってるだろう」

「きゅっと絞れて……時々ひくひくするのが何ともいえない」

中年男が二人で女の品定めをしているのを、麻奈美は白けた気分で聞いていた。

「おお、そろそろイキそうだ」

「いやっ、お願い。中でいかないで。私、困るの」

「ええっ、何だって？」

突然、千春が足をバタつかせて激しく抵抗したので、榊は体を起こした。

「外出しはダメなんだよ、俺。じゃ、選手交替だ」

いきなり麻奈美が指名された。榊は勃起しきったペニスを角のように突き立て、仁王立ちしていた。たった今まで女穴に挿入され、激しくピストンしていたそれは、赤黒く充血し粘液でてらてら光っていた。

「ええっ、急にふらないでください」

「いいから早くケツを出せよ」

「麻奈美、言う通りにしなさい」

岩下にも言われたので、しぶしぶパンティを脱いだ。もともと紙きれのように小さく薄いパンティなので、指一本で簡単に脱げてしまう。

「さっさと四つん這いになれよ。こっちは盛り上がってた最中なんだから」

彼は荒っぽく麻奈美を組み伏せると、がっしり腰を抱えこみバックから襲ってきた。

「そんな……いきなりひどい」

力まかせに打ち込んできたので、一気に奥深く貫かれた。

「もうずぶ濡れになってるじゃないか。見ていて興奮したんだろう」

「だって彼が……あちこち触るからよ」

ふと岩下を見ると、いつの間にか千春を抱いていた。すっかり消耗している彼女を慰めているようだが、すでに合体していた。腰の動きは緩慢なので千春にも無理はかからないだろう。

「あちらさんも、始まってるぞ。彼女、やっと声を出してる」

「彼は……細かいテクニックがすごいのよ。女をいかせる達人なの。ねえ、先生」

岩下はちらりと振り返って唇の端で笑った。

千春は両足を彼の腰にしっかりと絡ませ、しきりに声をあげていた。ラブホテルの隣りの部屋から聞こえてくるような、若い女の粘つくよがり声だ。よく見ると自分も腰を使っているようで、ひくひくと小刻みに動いている。

二人の行為を見ていた麻奈美はますます興奮してきて、自然に巾着がぎゅっと締まるのを感じていた。榊は相変わらず、ただ後ろから突きまくるばかりで何の芸もないが、締めつけが効いたのか、猛烈にスピードアップしてきた。

「ああ、出るっ」

彼は射精する時、麻奈美の腰を激しく揺すった。岩下と千春も注目していた。

あっけなく出してしまうと榊はすぐに逸物を抜き、今度は麻奈美に後始末をさせるのだった。仰向けになった彼のモノをゆっくりとしゃぶるのだが、射精した後の敏感なペニスを刺激しないようにするのがコツだ。粘液で汚れた幹を丁寧に拭い、まだ管に残っている精液を啜《すす》りあげる。「後始末」は岩下に教えこまれたのだが、千春ももう習得しただろうか。麻奈美は彼女にもよく見えるようにデモンストレーションした。

「お嬢さんはきょう、アブナイ日なんだそうだ」

岩下が麻奈美の元へやってきた。

「じゃあ、フィニッシュはこっちで？」

麻奈美は自分から岩下のほうに腰を向け、高々と差し出した。

「お前の中にたっぷり出してやるからな」

慣れ親しんだ男のモノが入ってきた。麻奈美は思わず、犬のように尻を振ってしまった。

「麻奈美、うれしいのか。よく締まってるぞ」

岩下は感触を味わうようにじっくりと挿した。

「でも後始末はあっちにさせてね」

「ああ、いいよ。千春にも教えてやらないとな」

そして二人目の男が、麻奈美の中で種をまき散らしていった。

第六章　放課後の弁解

一戦の後、麻奈美と千春はいっしょに風呂に入りに行った。当初のライバル意識のようなものはなくなって、麻奈美は千春に親しみを感じていた。それはおそらく千春の性格の良さに起因するのだろうと思った。

「私、胸が小さいから、麻奈美さんみたいな豊かなおっぱいに憧《あこが》れちゃいます」

麻奈美が湯船に体を沈めると、先に入っていた千春は下から見上げながら言った。同性からしげしげ見つめられる経験はあまりないので、少し恥かしかった。

「でも岩下先生は決して巨乳好きっていうわけじゃないのよ。私だって十八ぐらいまではこんなじゃなかったし」

「セックスするようになってから、大きくなったんですか？」

「そうね。ＢカップがたちまちＤになったわ。今は……もうちょっとあるかな」

麻奈美は水面の上に乳房を出し、ぐんと突き出して見せた。真っ白な乳肉が湯をはじいてきらきらと光り、先端のピンク色も湯で温まったせいか普段より色づいていた。

「すごぉい。いいなあ。私なんか、ずっとBのまんま」

「刺激してもらったら？」

「してくれますよー、たくさん。だって先生って、けっこうおっぱい好きでしょ？」

「さあ、どうかしら」

岩下より乳房に執着する男はたくさん知っているのだが、経験の少ない千春は比較ができないのだろう。それとも彼は、麻奈美の時よりも入念に愛撫しているのだろうか。

「彼、前戯が長いの？」

「ですね。私、胸は大きくないけど、すごく感じるんですよ。そのせいかもしれないけど、いつも胸だけで十五分ぐらいは……キスしたり揉んだり」

「えー、私の時なんか五分しかしてくれないのに」

「麻奈美さんとは、前戯よりセックスそのものがいいんですよ。すごく相性がいいって言ってましたから」

「あなた、先生とそんな話、するの？　他の女のこととか、話題にするわけ？」

「ええ、奥さんのことや長年の愛人の美智代《みちよ》さん、でしたっけ？　あと、麻奈美さんのこともいろいろ伺ってます。私、好きなんです。先生から他の女の人の話を聞くのが」

「へえ、変わってる。私は嫉妬深いからだめだわ」

「それも言ってました。アソコを剃った時、麻奈美さんが泣いた話とかも。いろいろ聞いてたので、初めて会った気がしなかったです」

千春はにこにこしながら麻奈美を見つめ、体を寄せてきた。初めて彼に剃毛された時、麻奈美は恥かしさのあまり泣いたことがあったが、今まですっかり忘れていた。千春の口から聞いて急に懐かしくなった。

「本当に先生が初めてなの？」

「ええ、本当です。男の人に裸を見せたのも初めてでしたから」

「じゃあ、榊さんが二人目？」

「そうです。私が先生に頼んだんですよ。他の男の人ともセックスしてみたいから相手を捜してほしいって」

「ふうん。で、どうだった、感想は？」

「わー、人によっていろいろと違うもんだなあって、驚いちゃいました」

千春は好奇心いっぱいといった様子で目をきらきら光らせていた。

「そりゃあ、そうよ。人によって、付いてるモノとかやり方とか、さまざまよね。だからこっちも相手によっていろいろ変えるの。相手の年齢とか、関係とか……」

「経験、豊富そうですよね」

「まあ、そこそこは」

「それなのに全然擦れてる感じがしなくて、いいですよね、麻奈美さん」

「あら、褒めてくれて、ありがとう」

のぼせそうになったので、麻奈美は湯船から立ち上がった。

「体もきれいだし……憧れちゃう」

潤んだような瞳でじっと裸を見つめられると妙に恥かしくなった。男の視線には慣れているが、同性からこのような眼差しで見られる経験はあまりない。

「あの、ちょっと見てくれます？」

千春は自分も立ち上がると、湯船の縁に腰を下ろし、いきなり両足を広げた。剃毛したての女肉がぱっくりと口を開けた。

「なんか、ひりひりしてるんです。ここ、どうかなってません？」

いきなり目の前で開帳され、麻奈美は思わず一歩引いてしまった。男性器を見るのは慣れていても、女の局部は自分のモノでさえ見慣れない。

「あ、そうね……ちょっと赤くなってるみたい」

「触ってみてもいいですよ」

「え、でも……遠慮しとくわ」

「このあたりなんですけど。赤くなってます？　切れちゃったのかなあ。さっきすごく痛かったから。榊さんのアレ、大きいんだもの」

「そう、切れたのかもね。大丈夫よ、そのくらいならほっといてもすぐよくなるから。あなた、初めての時も大変だったでしょ」

「ええ、私のアソコってけっこう狭いみたいで。痛くて痛くて、もう大騒ぎでした」

千春はようやく膝を閉じた。だが立ち上がると目の前に、無毛の土手が否応なしに目に飛び込んできた。ふっくらとした肉の丘に一本線がきれいに入って、いかにも若くて新鮮そうな女肉だ。榊が執拗にしゃぶりついていたのも理解できなくはない。

「ねえ、どうだった？　先生以外の人とセックスしてみた感想は」

「ん……なんか、ヤミツキになりそうで怖いですね」

「え、ほんとに？　泣きそうな顔してたのに」

「確かに先生のことは好きだけど。でも、先生も言ってるように、気持ちと体は別でしょ。だから私ももっともっと、いろんな男の人と経験してみたくなっちゃいました」

「気持ちと体は別だなんて、彼が言ってるの？　男の勝手な言い分よ」

「ええ、わかります。でも、私、なんかさっき経験したことで、世界が変わったような気がしてきたんです」

「あなたぐらいの性体験しかない人が、いきなりスワッピングするっていうのも……あんまりないかもね。先生が誘ったの？」

「ええ、やたらな相手とするより、信用できる男のほうがいいからって。でもまさかこの場で毛を剃られるとは思ってなかったし、スワッピングってことも聞いてなかったんです」

「ええっ、それにしては度胸があったわね」

「恥かしかったけど……何事も経験かなって」

二人はおしゃべりしながら再び部屋に戻った。

男二人は酒を呑んでいたが、布団はまたきれいに敷き直され、いつでも再開できる準備は整っていた。

ほどなく第二ラウンドが始まったが、千春は自分から進んで榊に抱かれに行った。大人しそうで奥手な女ほど、ひとたび味を覚えると燃え方が激しいものだが、千春はその典型のように思えた。

二人は榊のリードでシックスナインのポーズをとったが、千春は彼の顔の上にまたがり、がつがつと逸物を頬張った。どうやらフェラチオは慣れている様子だ。途中で何度もむせそうになりながらも喉奥まで飲み込んだり、小さな口を精一杯開けて喰らいついたり、ハーモニカでも吹くように横から挟んで唇をスライドさせたりした。すべて岩下が教えたテクニックであることは明白だった。かつて麻奈美も彼から仕込まれた経験があるからだ。

「彼女、しゃぶるのあんまり上手《うま》くないわね」

麻奈美は岩下の顔の前に自慢の乳房を差し出しながら言った。

「あれでも一生懸命なんだ。もともと男性器への嫌悪感が強くてね。克服しようと必死なんだよ。お前さんとはちがう」

岩下は乳輪をじっくり舐めまわした後、ピンと立った桜色の蕾に吸いついた。

「私だって始めは抵抗あったわよ。でもあなたに褒められたいから、早く上達しようと思ったの。それにアレを舐めていると、自分も興奮してくるし」

「そう、お前はフェラしているだけで、指一本触っていないのにアソコがびしょびしょになるんだよなあ。でもあの子は違うんだ。フェラチオは完全に義務なんだよ」

「そうかしら。少なくとも今は違うみたいよ。見てごらんなさいよ」

千春は自分から榊の顔に性器をぐりぐりと擦りつけ、クンニをねだっていた。彼が果肉を舐めつくし、指でいじったりつついたりしていると、ペニスを口にしていた千春は低く唸《うな》りますます激しくしゃぶるのだった。

「ああ〜んっ、そこ、すっごく感じちゃう。もっといじって……あっ、ああ、ねえ、指入れたの？　何か変な感じがするぅ〜」

「ああ、アソコに指を突っ込んでやったぞ。ほら、無駄口たたいてないで、しっかりしゃぶれよ。根元までくわえて一気に吸い上げるんだ」

千春は指示通り必死に肉柱に喰らいつき吸引した。色白の肌が薄赤く染まり、首に青筋が浮き出るほどの力の入れようだ。

「んっ、んぐっ……か、感じるぅ」

千春の体がぴくっと痙攣《けいれん》した。榊は時折舌先でつつきながら、指で器用にクリトリスを刺激していた。

「毛がなくてつるつるだから舐めやすいし、アソコもよく見えるよ。これは、どうだ」

榊は次に女穴に挿した指を中でぐるぐると掻き回したり、ピストンしたりを繰り返した。

「あっ、はふぅ〜そんなに、いたずらしちゃ、いやっ」

だが千春は悶えながらも目線はしっかり岩下をとらえていた。彼が麻奈美の胸に顔を擦りつけ、乳肉に埋もれている様子を横目で見ていた。麻奈美は視線を意識しながら、自ら片方の乳房を摑んで彼に先端を吸わせてやった。

「ふふ、私のおっぱい、おいしい？」

無心に吸いつく彼は何度も頷いた。普段どんなに偉そうにしていても、乳首にしゃぶりついている時は、若い女の肉体に癒しを求めるくたびれた中年男だ。麻奈美は胸を差し出しながら、ところどころ白髪が目立つ彼の頭をそっと撫でていた。

「榊さぁん、私……欲しくなってきちゃった」

千春は振り返って潤んだ目で榊を見ながら言った。

「ハメてほしいのか？」

「いやぁん、そんな下品な言葉使わないでぇ」

「突っ込まれたいんだろ。はっきり言えよ、スケベ女。根元までねじこんでヒイヒイ泣かせてやるから」

榊は体を起こすと、いつも麻奈美に言うように蔑んだ言葉を浴びせかけた。そして千春の小柄な体を乱暴に裏返し四つに這わせた。

「あっ、後ろからするの？　何だか、怖い……」

「怖いだと？　ウブなふりして、本当はスキ者のくせに」

彼は千春の小尻をひょいっと抱えこむと、剝き出しの性器をしげしげと眺めた。

「こうやって見ると、また違った風情《ふぜい》だな」

榊はヒップの割れ目に顔をつけるようにして女肉をじっくり味わった。

「なんか、後ろからだと……変な感じぃ」

彼は犬のように大きく舌を使って舐めあげた後、小さな菊門を舌先でつついた。

「あっ、そこは、いやっ。恥かしいもの」

「恥かしいからやるんだよ」

榊は尻を押さえつけ、がっちりと両手で抱えこんでから執拗に舐め回した。

「そいつはまだ後ろはヴァージンなんだ。一度、先っぽだけ入れてみたら、ラブホテルの従業員が飛んで来るほどの悲鳴をあげたんだよ」

岩下が笑いながら説明した。彼は麻奈美を膝の上に乗せ、向かい合った座位の姿勢で合体を始めたところだった。

「あら、私なんか、脂汗流しながらがまんしたものよ。アナル・セックスもあなたが初体験だったけど」

「でもお前さんは、わりにすんなり入ったほうだよ」

「いろんな子のお尻に入れてるんでしょ、いやあね、いやらしい」

「お前だって、いろんな男に突っ込まれてるんだろ。こうやって、ぐいぐいと」

岩下がぐんっと突き上げてきたので、麻奈美は後ろにのけ反った。大きな乳房がぷるぷると振動で揺れる。

「ケツは今度またじっくり味わうとして……」

榊は顔を上げ、唾液でたっぷりと濡らした女肉に逸物を当てがった。

「ねえ、いきなりはイヤよ。ゆっくり、やさしくして。お願いだから……あっ、ああ～っ」

千春の言葉を遮《さえぎ》るように、榊は強引に押し入ってしまった。だが女道が狭いのか、一気に付け根まで挿すことはできず、三分の一を残して小さくピストンした。

「い、痛い～。動かさないで。アソコが裂けちゃうから」

眉間に皺を寄せ、苦痛の表情で千春は振り返った。だがやはり麻奈美の存在が気になるようでこちらにも視線を送った。

「この子のアソコ、切れて血が滲んでるのよ。さっきお風呂で見せてもらったわ」

「女のアソコは丈夫にできてるんだ。俺が舐めてやったからすぐ直る」

「そうよ。少しぐらい痛いのはがまんしなさい。そのうちに気持ちよくなるわよ」

「千春、先輩の意見を参考にしなさい」

岩下は目の前で弾《はず》む乳房を揉みながら言った。

「ああ、でも……動かすと、すごく痛い。ねえ、お願いだから、ちょっとの間だけ抜いてくれない？」

「だめだ。それっ」

榊は反動をつけて一気に付け根までねじこんでしまった。

「うっ、ぎゃあ〜っ」

這ったまま逃げ出そうとする千春を無理やり押さえつけ、榊は後ろから激しく責めたてた。単純なピストン運動だが、小さな桃尻に赤銅色の光る肉杭が何度も何度も打ち込まれていった。

「し、死んじゃう」

千春はシーツを掻いて悶絶《もんぜつ》したが、彼の腰の動きはますます強く着実になって続いた。一方、麻奈美は岩下の上で体をのけ反らせ、自分から腰を使ってグラインドさせた。

「あー、気持ちいいわ。もっと激しく突いてぇ」

「ほら、千春。お前もすぐこんな風に自分から喜んで尻を振るようになるから。とびっきりのスケベ女にしてやる。お前には素質がありそうだからな」

「ああーん、でもまだ痛いの」

だが千春は先ほどより少し慣れてきた様子で、自分から背中を落として腰を高く差し出すポーズをとっていた。手足を踏ん張り、歯を食いしばって振動に堪えている。

「確かにお前のソコは狭いけど、経験を積んでいくうちに少しずつ広がっていくから。この先、いろいろな男に抱かれるだろ。中にはデカい奴もいるかもしれないし。そこいらへんに関しては、麻奈美が詳しいだろ、な」

「ふふふ、どうかしら」

麻奈美は岩下の首に手を回し、腰を器用にグラインドさせながら言った。千春に見せつけるために多少大袈裟に振る舞ったが、自由がきくし楽なので好きな体位だ。

「私、そんなに経験しなくていい。二人だけでもう十分よ。ほかの男なんかいらない」

先ほど風呂場では、別の男と経験して人生観が変わったとか、もっといろいろな男に抱かれてみたいと言っていたのに。麻奈美は千春の態度の違いに驚いていた。幼い顔をしているくせに平気で嘘がつける女なのかもしれない。

「ふんっ、そのうちに、デカマラを突っ込まれても平気でヒイヒイ喜ぶようになるんだよ。あっという間だから」

榊は鼻で笑った後、一層激しく責めたてた。千春は苦痛の顔を枕に埋めていた。

「ねえ、あなた。せっかくの機会だから、彼女にもっと刺激的な経験をさせてあげてよ。ほら、上の口が空いてるじゃない。あれを塞いでやったら？」

麻奈美は岩下の膝から下りながら言った。麻奈美の提案に、彼ら二人もにやりと笑ったが、千春は何のことかよくわからないといった風だった。

岩下は四つん這いになっている千春の顔の前に逸物を突きつけた。たった今まで麻奈美の中にすっぽり収まっていたそれは女液で濡れ光り、まだ十分な角度でそそり立っていた。

「さあ、しゃぶって」

「ええっ、だって私、今、後ろからされているのに」

「口は空いているんだから同時にできるだろう」

「あ、でも、私、そんな器用なこと……」

「つべこべ言わないでさっさとくわえるんだ」

榊が叱咤《しった》して、尻をぴしゃりと叩いた。すると千春は背中をびくんと震わせ、小さな口を精一杯開けてフェラを始めた。

「ん、んぐっ……ううん」

榊の打ち込む振動に呼応して千春の口も動く。ルージュも塗られていないみずみずしい唇から、無骨なペニスが見え隠れしていた。

「どうだ、後ろからと前からといっぺんにやられる気分は。さぞかし満足だろうな」

千春は口がきけないが、榊の言葉に反応するように低く呻いた。

「彼女、胸が感じるんですってよ」

麻奈美はいたずらを思いつき、手を伸ばして千春の乳房を摑んだ。麻奈美の半分ぐらいのサイズだが柔らかくてマシュマロのような感触だ。

「そんなちっぽけなおっぱいでも感じるのか」

「あら、大きさは関係ないわよ」

それに性的興奮のためか、四つん這いの姿勢のせいかわからないが、先ほどよりひとまわり成長したように見えた。円錐形に下がっている乳房の先を、麻奈美は指でつまんだり引っ張ったりしてやった。

「んっ、んっ……」

明らかに反応しているようだが無理もない。女穴と口と胸と、感じる部分をいっぺんに刺激されているのだから。

「ふふっ、この子、感じてるみたいよ。もっといたずらしちゃう」

麻奈美は手の位置をずらせて、榊の男根がすっぽりと収まり抜き挿しを繰り返している場所にたどり着いた。

「この辺、触ってると出し入れしてるのがわかるわ」

「なにせ、つるつるだからな。毛も巻きこまなくて、すんなり入るんだ。舐めやすいし、最高だよ」

榊は満足げに千春の局部を見下ろし、さらに激しい打ち込みを続けるのだった。麻奈美はそっと指を這わせ、最も敏感な肉芽をとらえた。そして小さなポッチをつまんでくりくりと転がした。

「ん、んぐっ……ぐう〜っ」

突然、千春は唸り声をあげたかと思うと体を硬直させ白目をむいた。口にペニスをくわえ、バックから押し入られ、クリトリスまで刺激されて失神寸前だった。

「おおっ、すごい。きゅうっとアソコが締まってる。もうたまらんな」

「こっちも限界だ」

「二人とも、がまんしないでいっちゃいなさいよ」

麻奈美のかけ声とともに、男二人はほぼ同時にフィニッシュした。岩下は千春の口中にたっぷりと放出したが、榊は膣外に射精した。

「ちゃんと外に出してやったぞ。割れ目とアナルに擦りつけたからな」

「わあ、べとべとになってるわ」

ようやく二本のペニスから解放された千春は、ザーメンを拭う気力もないのか、性器も口も汚されたままその場にぐったりと倒れこんでいた。

「すごい体験しちゃったわね。これであなたももうヤミツキよ」

麻奈美はティッシュの箱を千春に渡してやりながら言った。千春は虚ろな目で見上げながら箱を受け取ったが、手を伸ばすのがやっとの状態だった。

「殿方は冷たいのね。やりっぱなしってわけ？」

男たちを横目で見ながら、麻奈美は樹液で汚れた千春の股間を丁寧に拭ってやった。

「ああ、こっちの後始末もしてくれよ。口で舐めて」

榊はまだ元に戻らない自分のペニスを指さしながら言った。

「勝手なことばっかり。冗談じゃないわ」

「何だって？　そんな口答えは許されないんだよ」

麻奈美は後ろから髪の毛を掴まれ、榊の股間に無理やり顔を押し当てられた。まだぬくもりの残るペニスからは女液の匂いがたちこめていた。


月曜日の朝、麻奈美はいつもの電車のいつもの車両に乗りこみ、遠山の姿を探した。たいていは目につきやすいドアの横に立っていてくれるのだが、その日彼の姿はそこになかった。ざっと見回してみても見あたらない。きょうは寝坊でもして乗り遅れたのかもしれない。そう思って諦めていると、ふいに腰のあたりに感じる物があった。

「あらぁ……」

振り返ると俊哉がぴたりと後ろに立っていたのだ。

「おはよう。久しぶりだね」

俊哉は麻奈美の耳に口をつけるようにして言った。ホテルで彼をへとへとにさせて以来、顔を合わせるのは初めてだ。

「きょうは彼氏、いないんだね」

「ええ、ガードマンがいないから不安だわ」

「たとえばこんなこと……する奴がいるから？」

俊哉は満員電車の中で大胆にも麻奈美のスカートをまくり上げ、小さなパンティの中に手を差し込んだ。ヒップの割れ目から、いきなり指がヴァギナにたどり着いた。

「ここじゃ、だめよ」

麻奈美は振り払った彼の手をそのまま握って、次の駅に着いた時に彼の手を引いてホームに降りた。

「痴漢だって突き出しても、取り合ってくれないよ。僕たちもう他人じゃないから」

俊哉はにやにや笑いながら麻奈美を見下ろした。

「そうじゃないわよ、バカねえ。こっちに来なさい」

そこはかつて麻奈美が彼に引っ張りこまれてレイプされたホームの端のトイレだった。今度は自分から彼を女子トイレに連れ込んだ。

「朝からやる気まんまんだね」

「早くしましょ。時間がないのよ」

今朝は一時間目から授業があるので遅刻はできないのだ。せいぜい五、六分ですませなければならない。

麻奈美は彼のズボンのファスナーを下げて、中からペニスを取り出した。だがそれはまだようやく力をつけたばかりで挿入できる状態になっていなかった。

「あらぁ、急いでる時にかぎって……」

「仕方ないよ。今朝、オナニーしちゃったし」

麻奈美はその場にしゃがみこみ、まだ柔らかい肉塊をもどかしそうに口に含んだ。

「ああ、すごいな」

舌で転がしたりしゃぶりついたり吸ったりしているうちに、たちまち力をつけたそれは口いっぱいの嵩に膨れあがってきた。勃起しきったペニスは鮮やかなローズ色で皮膚がぴんと張り、新鮮な果実のようにみずみずしく健康的で美しかった。

だから麻奈美はつい夢中になってしまい、すぐには口技をやめなかった。きれいにメイクをほどこしてきたのに、唾液や粘液が顔についてしまったり、はげしくしゃぶったおかげで口紅が剝げ落ちるのもかまわず、麻奈美は無心にフェラチオを続けていた。

「うう、そろそろ入れたくなったよ」

「ずっとしゃぶっていたいけど、時間がないわね」

「そんなにフェラチオが好きなの？」

「だってこれ、しゃぶり心地がいいのよ」

麻奈美は急いでパンティをずり下げ片足だけはずし、トイレの壁に手をついた。

「お、いきなりバックか」

「早く入れちゃって」

麻奈美のそこはもう十分すぎるほど準備が整っていて、あたかも女液がしたたり落ちそうだった。

「いくよ」

楔が一気に打ち込まれると、麻奈美はくっと頭を上げた。俊哉のリズムは緩慢だったが、麻奈美は背中を落とし、腰を高く突き出してピストンを受け入れた。素足にヒールのサンダルを履いた足をぴんと伸ばし、

「朝だから、調子がでないけど」

「いいわよ、感じてる」

「ぐしょぐしょだ。沼の中に突っ込んでるみたいだよ」

「いっぱい濡れてるほうが出し入れしやすいでしょ」

「うん。でも……あっ」

ストライドを大きくした途端、ぽろりとペニスがはずれてしまった。

「滑りが良すぎて抜けちゃったよ」

「ふふ、角度がちゃんと合ってないと、抜けやすくなるのよ」

「あ、そうか」

彼は麻奈美の尻たぶを押さえ、きちんと狙いを定めてから再びインサートした。

「はあっ……きくっ。今度のほうがいいわぁ」

始めはゆっくりだった打ち込みが、次第に速度をあげて、しかも挿入は深くなってきた。

「こっちも……なんか、すごく気持ちいい。じわじわ締めつけるし」

「感じると、アソコが自然に締まるのよ」

「そうか。うう、だめだよ」

「思いっきり突っ込んじゃってよ。壊れるぐらい強く」

「もうがまんできないっ」

俊哉は麻奈美の背中に覆い被さるような姿勢になってから、激しく抜き挿しした。尻がひょこひょこと小刻みに動いたかと思うと、深く強く大きな打ち込みに変わった。麻奈美は素足に黒いサンダルを履いた足をぴんと伸ばし、衝撃に堪えていた。

「うっ、いきそう」

「はあん〜いや、もっと、もっとよ……やめないで」

麻奈美はおねだりするように尻を左右に振ったが、そのいやらしい仕草がかえって刺激になってしまった。

「あああ、だめだぁ」

麻奈美の体内に若い精液が放出された。子宮に向かって勢いよく飛んでいると思っただけで麻奈美は不思議な満足感を得るのだった。

「すごいな。ちぎれるかと思ったよ」

「ふふふ、朝からいい仕事したじゃない」

ペニスが抜かれると、まだぬくもりの残るそれを、麻奈美はすぐさま口に含んだ。

「あ、もうだめだって。いくら何でも無理だよ」

「……バカねえ。後始末してあげてるんじゃない」

ちゅるっと管に残った液を吸い取ってから麻奈美は名残惜しそうに放した。

「さ、早く行かないと」

麻奈美はペーパーで股間を拭ってから急いでパンティを引き上げた。

「先生は一時間目から授業？」

俊哉はシャツをズボンの中に入れながら何げなく口にした。

「え、先生？」

麻奈美は教師である自分の身分は隠して、学院の事務員ということにしていたのだが。

「とぼけたってもう知ってるよ。英語の先生なんだろ。S学院に知り合いがいるし。わかってるんだ、竹本先生」

名前まで呼ばれて、麻奈美は返事をする代わりに息を飲んだ。すべてバレていたのだ。

「いいじゃん、先生だって女だもん。セックスぐらいするよなあ」

「ちょっと、いつから気づいてたの？」

時間がないので、いっしょにトイレを出て行きながら低い声で訊いた。

「ん、いつかの……あのホテルの後かな」

「バラしたらどうなるか、わかってるわよね。あなたが痴漢して、その上私をレイプしたのがそもそもの始まりだったのよ」

麻奈美はそれまでとがらりと口調を変えて言った。

「バラすわけないじゃん。こんなに気持ちいいことしてるのに」

俊哉はにやにや笑いながら言った。ホームに戻り電車を待ったが麻奈美はすっかり動転して気もそぞろだった。

「でもさあ、このことがバレたら立場が危ないのは先生のほうだよね」

「やめて。もう会わないわ」

「なーんで、いいじゃん。僕、だれにもしゃべらないって。だからもっといっぱい楽しもうよ。秘密だからぞくぞくするんじゃないの？」

「ああ、何てことかしら」

麻奈美は自分の考えが甘かったことに腹をたてていた。少なくとも、きょう自分から俊哉を誘ったことは後悔していた。たまたま遠山がいなかったことと、ふいに尻を触られてむらむらしてしまったのがいけなかった。

「教師って、やっぱ日頃ストレスがたまってるのかな。地味に見えても裏で何やってるかわかんないよね。うちの学校にも若い女の教師がいるけどさ。今度、誘ってみようかな、はは っ、冗談。先生みたいに色っぽい教師はひとりもいないよ」

「もう、いいかげんにして。くだらない冗談なんか聞いてる暇ないのよ」

麻奈美はホームに入ってきた電車に乗りこんだ。それはいつものように、うんざりするような満員電車だった。


放課後、麻奈美が職員室で小テストの採点をしていると、遠山がやって来た。

「ちょっと、いい？」

彼がラウンジに誘ったので、麻奈美も席を立った。

そこは教員用の休憩所だが、榊がさんざん麻奈美をいたぶった場所でもある。だれかが少し前にコーヒーを淹れたのか香りが漂っていたが、麻奈美にとっては榊の精液の匂いがこみ上げてくる。

「あしたから僕はもう君と同じ電車には乗らないけど、いいよね」

遠山がふいに切り出した。

「そうですね。私がずっと先生のご好意に甘えてしまって……いつまでもガードをお願いして図々しかったですね」

「いや、そういうことではなくて。ガードする必要なんか、もうないでしょ？」

腑に落ちない麻奈美の顔を見つめながら、彼は説明を始めた。

「けさ、僕は発車ぎりぎりにいつもの電車に飛び乗ったんですよ。でも一番端の車両だったから、あなたが乗っている車両に移動するため、駅に着くたびにホームを歩いてたんです。そうしたら、J駅に着いてふと見ると、あなたが男子高校生と歩いているじゃないですか。僕、見てたんですよ。ホームの端のトイレのほうに行きましたよね。そしてしばらくして二人でまた戻ってきた」

遠山は一旦話を止めて軽く息ついた。麻奈美は顔をこわばらせたまま一言も口がきけなかった。

「ずいぶん親しそうに話してたじゃないですか。知り合いなんでしょ？　痴漢だなんて、最初から嘘だったんですか」

「いえ、違います。私が痴漢の被害者だったことは事実です。信じてください。そして痴漢したのはあの生徒なんです」

麻奈美は彼を見上げてきっぱり言い切った。

「じゃ、痴漢と知り合いになったんですね。彼はとても親しげでしたけど」

「ちょっとしたきっかけで、私が彼の話を聞いてやるようになって……勝手に馴れ馴れしくされているだけですわ」

「一体、トイレで何してたんですか？　朝っぱらから」

「それは……彼がトイレに行きたいって言うので、場所を教えてあげただけです」

「そりゃまた親切なことで。わざわざついて行ったんですね」

「ええ、まあ」

麻奈美は口ごもった。いささか無理のある言い訳だが必死だった。

「二人で何をしていたか、だいたい想像つきますよ。本当に、あなたは大した女だ」

遠山は小さくため息をつきながら言った。

「あの、私……何でもします。遠山先生の望むこと、何でもします。だから、お願い……」

途中で言葉を止めて、麻奈美は彼の前に跪きズボンのファスナーに手をかけた。

「何をするんです」

「私、何をされても文句は言いませんし、どんな扱いだって受けます。だから好きにして」

「動物並みでも？」

「ええ、何だってします」

麻奈美はまだ硬くなっていない遠山の股間をまさぐり、顔を近づけようとした。

「じゃあ、メス犬になってください」

「ええっ？」

麻奈美は思わず手を止めて顔を上げた。

「冗談ですよ。こんなこと、もうやめてください。プールで胸を見せたり、満員電車で体を擦り寄せたり。明日からはひとりで電車に乗ってくださいね。あなたはどんな時でもそれなりに楽しみを見つける人だ。また可愛い痴漢が網にかかるといいですね」

遠山はそれだけ言い残すと、ズボンのファスナーを上げ、ひとりでさっさと出て行ってしまった。

第七章　世界でひとつだけのモノ

一学期も終わりに近づいたある日曜日の午後だった。

麻奈美の部屋には昼過ぎから大樹が来ていて、ベッドを占領していた。といっても、やって来るなり「眠い」と言ってベッドに倒れこみ、ぐうぐう眠ってしまったのだ。

どうやら前日、クラブで一晩中騒いでいたらしくそのまま家にも帰っていないようだ。麻奈美は大樹の汗臭いTシャツと埃っぽいジーンズ、それからトランクスもいっしょに脱がせてしまうと、すぐ洗濯機に放りこみ、素っ裸で眠りこむ彼にタオルケットをかけてやった。

来週から期末試験が始まるので、麻奈美は学校が休みの土日にも持ち帰りの仕事で忙しかった。大樹の寝顔を横目で見ながらも、机の上は教科書とテキスト、それにノートでいっぱいになっていた。

「あー、よく寝た。なんか、腹減っちゃったなあ。食べる物とか、ある？」

大樹は寝ぼけた顔で起きるなり言った。

「ないわ。あんまり買い置きとか、してないし」

「じゃ、買って来ようかな……といっても服は洗濯されてるのか」

「そうよ。まだ下着も乾いてないわ」

「しょうがねえなあ。じゃ、することないからセックスでもやりますか」

「だめ。私は忙しいの」

「ねえねえ試験のヤマとか、教えてよー。頼むからさ」

彼は裸のまま麻奈美にすり寄って行った。勃起していない状態でもそのサイズについ目がいってしまう。

「三年生の問題は遠山先生が出題するから、私にはわからないわ。私は二年の担当なの」

「ふーん。じゃあ、点数とか、少しおまけしてくれないかな。ほんのちょっとだけでいいんだけどさ」

「何言ってるの。来週から試験だっていうのに、クラブで遊びほうけているんだもの。ここで少し勉強したら？　見てあげるわよ」

「えー、勉強？　先生はセックスの相手だけしてくれたらそれでいいんだ、なーんてね。これでもきのうはクラブ行く前、家でずっと勉強してたんだから。俺ってほら、家にいてもすることないじゃん。最近はあんまりゲームもやんないし、ひとりだし」

「きのうもひとりだったの？」

「おふくろは店のお得意さんと温泉に行ってるよ。それも仕事のうちなんだって言ってるけど、何やってんだか。男と二人かもしれないし」

割烹《かっぽう》料理店のおかみである大樹の母親は岩下の長年の愛人だ。いっしょに行ったのは彼かもしれない。熱海の高級旅館が行きつけなのだ。麻奈美は以前、連れて行ってもらったことがあるが、いかにも訳ありの男女が泊まりそうな旅館だった。岩下はきっと月曜の朝の新幹線で帰り、そのまま仕事に行くのだろう。

岩下の女癖の悪さは今に始まったことではないので驚かないし、大樹の母親とのことも以前から知っていた。だが二人でひっそり温泉にしけこんでいると思うと、少しだけ気持ちがざわついた。二十年以上もの愛人関係というのが麻奈美には想像できないが、麻奈美ともこのまま腐れ縁が続いていくのだろうか。

「それよっか、ちょっと聞いてよ。先生がこの間紹介してくれたあの子さあ。えーと、名前なんだっけ？」

大樹は麻奈美の目の前の床に体育座りをして話しこんだ。全裸なので、足の間から柔らかい大きな陰嚢が顔を覗かせた。

「あ、千春だ。ゆうべまた会ったんだけどさ」

「何か問題でもあるの？」

「悪いけど、俺、基本的にダメだわ、あの子。もう切っちゃっていい？」

大樹は手で大きくバツの仕草をした。

「私に聞かなくたって……無理につきあうことないわよ」

「なんかけっこう、しつこくてさ、あいつ。まいったよ」

大樹は思いきり顔をしかめて言った。

「あらそう。それは残念だわ」

実は麻奈美と千春はあの日以来、時々メールのやりとりをする仲になっていた。主に千春から連絡してくるのだが、岩下以外の男の味を覚えてしまった千春は、「場数を踏む」ことに情熱を傾けていた。とはいえ安売りしたくないというプライドもあるので、麻奈美に男を紹介してほしいと頼んできたのだ。

麻奈美は以前から考えていた計画を実行した。千春を大樹に紹介したのだ。もちろん岩下の息子であることは秘密にして、気楽なデートをセッティングしてやった。岩下が知ったら激怒することは容易に想像できたが、バレる可能性は少ないし二人の仲が長続きするとも思えなかった。麻奈美は岩下の鼻をあかすようなことを何かしてみたかったのだ。

初デートの後、千春からさっそく報告のメールがあったが、彼女はもうすっかり大樹に夢中でかなり入れ込んでいる様子だった。けれども大樹は、ただの遊び相手としか認識していなかったようだ。

「ねえ、その話、もっと詳《くわ》しく教えてよ」

麻奈美はノートとテキストを閉じて立ち上がり、着ていたブラウスとジーンズを脱ぎながらベッドへ向かった。

「あれ、先生、勉強教えてくれるんじゃなかったの？」

「軽くウォーミング・アップしてからにしましょ」

小さなパンティと薄いキャミソールだけの姿になった麻奈美はベッドに横になった。全裸の大樹はすぐさまそばに来て、キャミソールの裾をめくった。ずっしりした二つの肉丘に彼は遠慮もなく手を伸ばした。

「ねえ、話してよ、千春のこと」

「先生、あの女のことどこまで知ってんの？　なんか中年の男がバックに二人ぐらいいるみたいだけど、ヤバくない？　だって、アソコの毛、つるつるに剃られてるんだぜ。男がやったんだって。それって、浮気させないためだろ？　ヤクザとか、ヤバい男だったら、俺、やだもんね。死にたくないよ」

千春の毛を剃ったのが自分の父親とも知らず怯えている大樹が滑稽《こっけい》に見えたが笑うわけに

もいかない。もっともあんな股間を見たら、珍しいというよりちょっと引いてしまうかもしれない。たくさん女を知っているとはいえ、大樹はまだ十八の高校生だ。

「ヤクザとは違うわよ。何か堅い職業の人だって聞いたけど。変態趣味があるのかも。でも、それ見てちょっと興奮しなかった？」

「まあね。初めてだったし、そりゃけっこう興奮したよ。なんせ、つるっつるだもん。舐めやすかったし」

「舐めたの？」

「だってあいつが自分からフェラしてくれるのに、少しは返してやらないと。でもヘタなんだ、そのフェラチオが……あ、まあ、先生に比べればってことだけど。それに、何かちまちましてて胸とかも貧弱だし」

「でも私より若いし、ぴちぴちでしょ」

「ああいうのがタイプっていうオヤジもいるんだろうけどね」

まさか本当に自分の父親がつきあっている女とも知らずに……だが大樹は案外、千春が岩下の女と知ってもあまり驚かないかもしれない。なにしろ小さい頃から男女の色事を目の当たりにして成長してきたようなものなのだ。

「ねえ、おっぱい欲しい」

大樹は麻奈美の乳房をこねるように揉み上げながら、甘えた口調で言った。

「いいわよ、吸って」

「横になるから吸わせてよ」

「しょうがないわねえ」

キャミソールを脱いだ麻奈美はついでにパンティも取って大樹と同様全裸になり、仰向けになった彼の顔の前に乳肉をあてがった。ぱくっと乳頭とその周辺部まで口でとらえ、いきなり強く吸引した。

「んもう、そんなに強く吸っちゃ、だめ」

だが大樹は無心の表情で吸い続けた。かつて母親にさせてもらえなかったことを、今取り戻しているようにも思える。大樹の母親が岩下の上でその大きな尻を振っているかもしれない今、彼は岩下のもうひとりの愛人の乳房にしゃぶりついている……何か不思議な縁で繋がっている四人だ。もっともその複雑な人間関係をすべて把握《はあく》しているのは、麻奈美ひとりだけなのだが。

「で、千春、セックスのほうはどうだったのよ」

麻奈美はそっと乳房をはずしながら訊いた。強く吸われたおかげで乳輪ごとうっすら赤く染まって、おまけに乳首も少し縦に伸びたように見えた。

「どうって……体がちっこいせいか、アソコもきつくて、最初はなかなか入らなかったよ」

「あら、ぶかぶかよりはキチキチのほうがいいんじゃないの？」

「だからー、入れる時はすんなりだけど、後できゅっと締まるってのが理想なんだよ。先生のみたいにさ」

「あ、そうなんだ」

「最初から入れにくいのは面倒なだけじゃん。無理やり突っ込んじゃったけどね。すごい痛がってた」

「だって、大樹のこの大きさじゃ無理ないわよ。あの子、あんまり経験ないみたいだし」

「うん、四十代のおやじ二人としか経験ないんだって。きっとロリコンなんだな、そいつら。あの女、二十一って言ってたけど、ほんとは十七ぐらいじゃない？　妙にガキっぽいぜ」

「さあ、それはないと思うわよ」

麻奈美は両手でマッサージするように体を撫でまわし、じっくりと若い肌の感触を楽しんでから、最後にようやく中心部に到達した。すでに十分すぎるほど勃起している肉杭を掌にそっと包みこみ、軽くなぶるように弄んでからゆっくりと口に含んだ。

「ああ、やっぱり美味《おい》しいわ。この大きさと硬さと……あと形も好き。おっきすぎて、顎が疲れるけど」

結局このペニスが好きで大樹と別れられないのだ。お願いしてでもしゃぶらせてもらいたい、と思わせる数少ない男根だ。麻奈美はその感触を味わうように口いっぱいに頬張った後、丁寧に舐めあげた。

「千春も感動してたぜ、俺のちんちん。もっとも四十過ぎのオヤジと比べたら、こっちがいいに決まってるけどな。すげえエッチなんだって、その相手」

それはあなたのお父さんのことよ……麻奈美はぷっくりと膨らんだ亀頭をくわえながら心の中でつぶやいていた。

「でもこれ、結局入れちゃったんでしょ。あの子のアソコに」

「だって自分から誘ったんだぜ。俺、気に入られてるみたいでさ。何でもしてあげる、なんて潤んだ目で言ってくるんだ」

麻奈美は急にジェラシーを感じて、くわえていた逸物を放し、いきなり彼の上に馬乗りになった。そそり立つ男根を鷲づかみにし、蜜で溢れかえっている女穴にすっぽりと収めてしまった。

母親似の大樹は、ハンサムですらりと背も高くルックスが良いので女にはよくモテる。千春が夢中になっても何も不思議はない。だが麻奈美が企《たくら》んだことは、千春が岩下から離れてくれることだけだったのだ。

「いろんなこと、してもらえばよかったじゃない」

「でも、先生とちがってあいつヘタだから。フェラチオしても歯が当たるしさ」

「それはいけないわね」

「口の中でイッても、飲まないでティッシュに吐き出したんだぜ」

「ふふっ、あなたのは量が多いからじゃない？」

「でも先生はザーメン全部飲んでくれる。おっぱいは大きいし、上にのっかって腰を使ってくれるし……もう極楽だよ」

大樹は下から手を伸ばし、ゆらゆらと揺れる乳房を揉み上げていた。

「あの子と、今まで何回ぐらいやったの？」

「ん、五回ぐらいかな」

「そんなに？」

「だって毎日のように連絡してくるし、しつこいんだよ。でもちゃんとベッドでしたのは、最初の時だけだよ。ラブホの料金もあっちが払ったし」

「じゃあ、後はどこでしたの」

「公園とか、友達の車の中とか、きのうはクラブのトイレの中」

「よほど大樹に入れ込んでるんだわ」

「けっこう冷たくしてるんだけどな。もう出すだけって感じで。ほとんど処理だよ、処理。でも全然こたえてないみたい。バックが好きなんだよ」

「そうなの……処理、してたのね、あの子の体で」

麻奈美はますます興奮してきた。大樹が薄暗いトイレの中で、千春の小さな尻に巨根を押し当て後ろから突きまくる……そんな様子を想像しただけでぞくぞくしてしまう。麻奈美は大樹の上でゆっくりと腰をグラインドさせていたが、今度は激しく上下に振った。

「ほら、私の中に、大樹のアレが出たり入ったりしてるでしょ。見える？」

麻奈美は両足を大きく左右に開き、尻を浮かせて結合部分を見せた。

「うん、よく見える。すごくエッチだな」

「でもアソコに毛がなければもっとよく見えるかも」

「俺、ああいうの趣味じゃない。ロリコンじゃないし。先生にはしてほしくないよ。ちゃんと毛があるほうがいい」

「そうね、大樹は甘えん坊だものね」

「でも、いつも甘えてるだけじゃないよ」

彼はいきなり体を起こし、麻奈美を後ろに押し倒した。

「バックから入れたいんだ」

「いいわよ。どんな体位でも喜んでするわ」

麻奈美がゆっくりと起きあがってポーズを取ろうとすると、大樹にベッドから引きずり下ろされた。

「あらあら、乱暴なのね、坊や」

「からかうなよ」

彼は麻奈美を床に這わせると、両手でヒップを挟んでがっしりと固定した。

「あうっ……でも違うわ。大樹のおっきいアレじゃないわね」

「そうだよ、指を入れてみたんだ」

「どうしてそんなことを。面白い？」

「ん、中がぬめぬめしていてあったかい……けっこう奥深いんだな。もう指全部入っちゃったけど」

「そりゃあ、大樹のアレが根元まで全部入るんだもの。あの子のにも指、入れてみたの？」

「うん、だってちんちんがなかなか入らないから、一体どうなってんのかなって、試しに指突っ込んでみたんだ」

「どうだった？」

「やっぱ狭いみたいだけど……先生のここみたいにひくひくしたりしないし、あー、今、なんかきゅっと締まったぞ」

大樹は自分の手元を見下ろしながら感嘆の声をあげた。

「そうよ、締め上げたの、入り口を」

「すげえな、そんな器用なことできるんだ」

「気がつかなかった？　セックスしてる時だってしてるのよ」

「だから先生のここは気持ちいいんだな。ねえ、指入れても感じる？」

「うーん、どうかな。あっ、何するの」

大樹はいきなり挿入していた二本の指をぐるぐる回したり、激しく出し入れしてみたりした。

「やめて。いたずらしないでよ」

「ごめん。ちょっと乱暴にしてみたかったんだ」

「ちゃんとアレを入れて。早くちょうだい」

「わかったよ」

今度こそ、待ちに待った太杭が打ちこまれた。何度も何度も経験している麻奈美でさえ、最初の一挿しは衝撃を感じる。めりめりっと女道を押し開いて、ペニスが進行していく様が手に取るようにわかるのだ。

「あううっ、は、入ってるぅ」

「うん、まだ半分までだけど。全部入れちゃっていい？」

「いいわよ、きて……私のは壊れないから」

「じゃ、残りいきまーす」

かけ声とともに、ずんっという衝撃が脳天にまで走った。

「ひいっ！」

麻奈美は短く叫んで、その後は大樹にゆだねた。彼は若いエネルギーに任せて、力強く単純なピストンを繰り返していく。それは麻奈美の両手両足が振動に堪えきれず、がくがく震えるほどで、彼は途中で麻奈美の腰が逃げないように何度か固定した。

「あふっ、あふん……きょうは、いつもよりすごく、きくみたい」

息を荒くしながら、麻奈美は振り返って訊いた。

「うん、だって。俺が好きなようにヤリまくったら、たいていの女は痛がって悲鳴あげるんだけど、先生はちゃんと受け入れてくれるもん。思う存分やれるチャンスはそんなに多くないんだ」

「ほんとに？　そんなにいいモノ持ってるのに、辛いのね」

「ああ、でも先生となら何だってできる。むちゃくちゃなこともできるし」

「きのうは、あんまり満足できなかったのね。あの子とじゃ」

「うん。でもさあいつ、マゾなんだぜ。ひどいことしてやると、マジひいひい言って喜ぶんだから」

大樹は思い出したのか、急にテンポを緩めて話し始めた。

「ひどいことって？」

「ほかの奴が見てる前でするとか」

「それはひどいわ」

麻奈美は思わず振り返って大樹を見た。

「二人とも酔っ払ってたし、どうでもよくなってたんだ。でもあいつ、すげえ興奮してた。その後、何人かで輪姦したんだ。車の中で」

「ええっ、ほんとに？」

「無理やりじゃないよ。あいつ、俺に見ててほしいって頼むんだ。四、五人でやったんじゃないかな。それってやっぱ、マゾだよなあ」

「信じられない……」

千春の小さな体の上に男たちが入れ替わり乗っていく。一番好きな大樹に見られながら、男たちの性の処理役を買って出る、という自虐的な心理が麻奈美にはまったく理解できなかった。自分の体がただの道具として使われ、おもちゃにされることに喜びを感じる千春は相当なマゾヒストだろう。

「ああ、思い出したら興奮してきた」

話しながら軽く突いていた大樹の打ち込みは、次第に深く激しく着実になってきた。千春が男たちに次々に抱かれていくシーンが甦ってきたのだろうか。

「どうやって、輪姦したの？」

「ん、俺はやらなかったけど、かなりひどいことしてた。ハメてる最中に、別の奴がフェラチオさせるとか、顔の上に出すとか。寄ってたかってヤリまくりだよ。俺は最初にやったからもう……でも見てほしいって言うんだ」

おそらく千春は先日のスワッピングの体験が後を引いているにちがいない。より強い刺激を求めて、たくさんの愛のない男に抱かれることを選んだのだろう。

「あいつ、もうそのクラブで有名だよ。つるつるま◯このヤリマン女、で通ってる。だけどヤバイよ、あの女。俺、しつこくされてマジに困ってるんだ」

「そりゃあ、大樹はカッコいいし、モノは格別だし……ああ、この充実感がたまらない。アソコにぴっちり収まってる感じ。すごくおっきいのが……」

麻奈美は四つん這いのまま、自分から腰をくいくいと振ってみた。白桃のような見事なヒップが、巨根をくわえこんだままあやしく動く。

「私も……だれかに見ててもらったら興奮するかしら」

「勘弁してよ。見られなくたって、先生は十分興奮してるよ。もうびしょびしょになってる。ほら、聞こえるだろ」

彼が打ち込むたび、くちゃくちゃという水音が麻奈美の股間から響くのだ。

「ああんっ……恥かしい音。もっと鳴らしてぇ」

大樹は一気に加速した。猛烈な勢いで抜き挿しが繰り返されていく。

「うう、焼き切れそうだよ」

「もっとよ、もっと擦って」

「だめだっ、もうがまんできない」

麻奈美と大樹と二人とも同時に雄叫《おたけ》びをあげた。マンションの向こう三軒にまで届きそうな声だった。

終わった後、二人はしばらく床の上で身動きできないほどだった。

「すごかったわね、今の」

「うん。久々に感動的なセックスだったよ。ちぎれるかと思った」

「まるでケダモノだわ」

「腰が抜けそうってやつさ」

大樹はベッドの上に戻って裸のままごろりと横になった。

「喉渇いた。何か飲みたいな」

「ダイエット・コークぐらいしかないけど」

「あ、それでいい」

同じく全裸のままの麻奈美はふらふらと立ち上がり、部屋を出てキッチンに向かった。冷蔵庫を開け、中を覗きこんでいると、いきなり後ろから肩を摑まれた。大樹がやってきたのかと思い振り返ると……何とそこには岩下が立っていたのだ。

岩下は麻奈美が声をあげる前に手で口を塞いだが、麻奈美はそうされなくても驚きのあまり声も出せなかっただろう。

「……どうやって、中に？　オートロックは？」

「たまたま入る人がいたんでドアが開いたんだ。玄関の鍵は開けっぱなしだったぞ」

岩下は押し殺したような声で言った。おそらく大樹が入って来た時、彼が鍵を閉め忘れたのだろう。

「チャイムは鳴らしたが、反応なかったしな」

ドアホンに目をやると、受話器が微妙にずれている。これも大樹が来た時に応対した後、きちんと受話器を戻していなかったようだ。まったく悪い偶然が続いたものだ。しかもその部屋にいるのがたまたま彼の息子の大樹なのだから。

「いつから、そこにいるの？」

「一時間近く前からだよ」

「ああ、説明しないといけないんだけど……お願いだから、今はそっとしておいて」

「わかってる」

岩下は缶入りのダイエット・コークを冷蔵庫から出して麻奈美に渡した。部屋での会話も、二人がしていたこともすべて岩下に見聞きされていたのだ。つまり、彼は自分の息子と自分の愛人が、ケダモノのような性行為をする様子の一部始終を見ていたわけだ。

「早く行け」

岩下に促され、麻奈美はコークの缶を持ってベッドに戻った。すると大樹はすでに気持ちよさそうに眠っていた。その寝息が確かなものであるか確認してから、麻奈美はTシャツを着て再びキッチンに戻った。

だがそこに岩下の姿はなかった。バスルームやトイレなど見てみたがいないので、すでに帰った後のようだった。

やがて大樹は目を覚ました。麻奈美がやんわりと帰宅を促すと、「試験前だから勉強しなくちゃ」と言って素直に従った。だがそれでも二人は別れぎわに軽くもう一回交わった。大樹が上に乗り単純なピストン運動を繰り返すだけの、ごくノーマルなセックスだったが、麻奈美はひどく興奮し、感じていた。

まるで大樹の背後に岩下がいるような感覚だったのだ。彼がイク時、麻奈美も大きくいないた。大樹とはこれまでに何十回と性交しているが、まちがいなくこれが最高の、そして最後のセックスになる予感がしていた。

岩下は戻ってきた。ドアホンで確認しただけでも怖い顔をしているのがわかった。麻奈美は覚悟していたというものの、どきどきしながらドアを開けた。

「いつからなんだ、あいつと」

玄関で靴を脱ぎながら、すでに本題に入っていた。

「半年ぐらい前から」

本当はもっと前から関係しているが少しごまかした。麻奈美はシャワーを浴びた後だったので、素肌にバスローブをまとっただけの姿だったが、岩下の厳しい表情に思わず胸元をかき合わせた。

「もちろんあなたの息子だなんて、ぜんぜん知らなかったのよ。だって名字もちがうし」

「で、いつ気がついたんだ？」

「二カ月ぐらい前」

それももっと以前のことだが、とても本当のことは言えなかった。

「何度も別れようと思ったのよ。でもそのたびに失敗して。彼には本当の理由は言えないし」

「当たり前だ」

抑制しているがそれでもかなり厳しい口調だった。

「言い訳しないわ。みんな私が悪いの」

「その通りだ。おまけに千春まで紹介するとは」

やはり、岩下は千春の一件に関してもちゃんと聞いていたのだ。

「それは……千春ちゃんから、だれか男の子を紹介してほしいって頼まれていたから」

「何もわざわざ大樹を紹介しなくても」

「だって、千春ちゃん、あんな子でしょ。アソコ剃ってたりするし……普通の男の子には、紹介できないもの」

「あいつならいいのか」

「あなた、大樹くんのことどれほどわかってるの？　彼はすごくモテる上に、かなりの遊び人よ。女の子の数だって百人は超えてるわ、あの年で」

さすがの岩下もはっとした顔をした。自分の息子であっても、いっしょに暮らしていないとなれば、皆目わからないだろう。

「しかしまあ、愛人が自分の息子とよろしくやってるとはな。何も知らない俺は間抜けだよ。洒落《しゃれ》にもならない」

「騙す気はなかったけど、とても本当のことは言えなかったの。それでつい、ずるずると」

「あいつのどこがいいんだ？　デカいちんちんか？」

岩下は多少自虐《じぎゃく》的になっているように思えた。

「まあ、それもあるけど……性格はいい子よ」

「嘘をつけ。体だけが目当てのくせに」

「それならあの子だって同じよ。私の体が好きなの。基本的に年上好みみたいだけどね。美智代さんって、大樹くんのことあまりかまってやらなかったでしょう？　小さい頃から夜、ひとりで留守番させて。とても寂しかったみたい。だからとにかく女の人に甘えたいのよ」

「今度は美智代の攻撃か？」

「そうじゃない。少しは自分の息子のこと、わかってやったらってこと」

「うるさい。何も事情を知らないくせに、えらそうなことを言うな」

「ええ、私は何の弁解もできない」

「あいつ、千春を輪姦させたって言ってたな。いつからそんなことが平気でできるようになったんだ？」

「でも千春ちゃんが喜んでいたなら、それでいいじゃない。あの子は変態なのよ」

「その通りだ。とんでもないマゾ女だってことに気がついたんだよ」

「スワッピングの次は輪姦……次は何かしら。もうあなたの手には負えないんじゃないの」

「俺が持て余すようになったから榊を紹介したんだが。それでもまだ刺激が足りなかったようだ」

「でも千春ちゃん、大樹くんに夢中なのよ。セックス抜きで、それはほんと」

「お前がし向けたんだろう」

「私はただ、紹介しただけだって」

「俺への当てつけだな」

「……かもしれない」

麻奈美は遂に白状した。自分より若い愛人である千春への嫉妬心から、大樹を紹介した。彼に痛めつけられ、踏みにじられ、仲間たちにおもちゃにされて、いい気味だと思ったのだ。だが逆に千春はその屈辱を喜びに感じているのだ。

「それよりお前、大樹は俺の息子である前に、教え子なんだからな。わかってるのか」

「ええ、それはもう……」

何の弁解もできない麻奈美はうなだれた。

「ほかにも手を出した生徒がいるんじゃないのか、え？」

「手を出したっていうか……自然の成り行きでそうなったの。でもすぐ終わったわ」

「とんでもない女教師だな」

「男の教師ならいいわけ？」

麻奈美は毅然《きぜん》として切り返した。麻奈美もかつては予備校で岩下の教え子だった。

「屁理屈を言うな。俺は予備校の講師だし、相手は一応みんな十八歳以上なんだ」

「いばるほどのことじゃないと思うけど」

「榊は知っているのか？　お前が生徒と関係していることは」

「知ってるわ。だから揺すられているんじゃない。私、彼に弄ばれてるのよ。年中呼び出されて……いろいろと奉仕させられてるの」

「理事長の代わりだな」

「私がそんな目に遭っても何とも思わないんでしょ。だから私もあなたに、仕返ししたのよ。千春ちゃんを大樹くんに近づけてやろうって。私が思った以上の成果だったわ。彼女は大樹くんにメロメロだし、彼に邪険にされても喜んでる」

「おかげであいつはもう俺には見向きもしないよ」

「あらそう。でも代わりの女なんかすぐ見つかるでしょ」

「ああ、まだ手垢《てあか》のついていない新品の女をどこかで見つけるよ。ただしお前をこらしめてからだ」

岩下は麻奈美の腕を掴んでバスルームに連れて行った。バスローブは簡単に脱がされ、麻奈美は全裸のまま立ちつくした。

「そこに入って、しゃがめ」

言われるまま、麻奈美は空のユニットバスの浴槽の中に入って座った。

「こんな狭い所でセックスするの？」

岩下はポケットから手錠を取り出し、風呂の蛇口部分に鎖を回し素早く麻奈美の両手首に手錠をかけた。がちゃり、という重々しい音が響いた。

「何するの」

麻奈美は両手を頭の上で挙げたまま固定されてしまった。岩下は麻奈美を見下ろしながら、ゆっくりとズボンを下げた。

「新しい遊びでも思いついたの？　わかった。千春としたのね。手錠だなんて、あの子が喜びそうだもの。でも、私はあの子みたいにマゾじゃないし……」

言い終わらないうちに、岩下のペニスの先から勢いよく黄金色の液体が弧を描いて麻奈美の顔に飛んだ。

「いやあっ……やめて」

思いきり顔をそむけたが顎や鼻や頬を濡らすには十分で、次に的は乳房に変わった。生あたたかい液がどぼどぼと麻奈美の上に注がれていく。放水は長く続き、麻奈美の上半身は尿で汚された。

「千春は口を開けて、俺の小便を飲んだんだぞ。それも喜んで」

「あんな変態といっしょにしないでよ」

「お前もある意味では変態だ。節操もなくだれとでもやりたがる。生徒だろうが教師だろうが、おかまいなしだ」

「でもこんなことするなんて、ひどいじゃない」

両手が固定されているので、顔を拭うこともできない。黄色い尿の滴が顎から滴った。

「いいか、これですむと思うなよ」

一旦バスルームから出て行ってすぐ戻ってきた岩下の手には、大きなバイブレーターが握られていた。鮮やかなピンク色をしてペニスの形を模した特大サイズだ。

「俺の体力だけではもたないからな」

彼は麻奈美の両足を大きく開かせ、バスタブの縁に乗せた。ぱっくりと口を開けた女穴にそれをゆっくりとねじこんだ。

「いやっ、そんな大きいの、入らない」

「俺の息子のナニも相当なモノだったじゃないか。そりゃあ、親父よりいいに決まってる。若いし、ちんちんはデカいし」

多少の抵抗はあったが、麻奈美のヴァギナはバイブをほぼ飲みこんでしまった。そして岩下はおもむろにスイッチを入れた。ブルルッという低い振動音が麻奈美の内部から漏れてきた。

「い、いやぁ……やめて！　抜いて」

「ははは、そいつは効くだろう。すぐ昇天するぞ」

「こんなの、いやよ。早く抜いて」

「ずっぽり押しこんだから、簡単には抜けないぞ。手錠で繋がれているし、小便をかけられて、お前はあわれな女だよ」

岩下はバスタブの中に入ってきて麻奈美の前に立ちはだかり、勃起しかけたペニスを唇に押しつけた。

「さあ、しゃぶれよ」

麻奈美はこれまでに何十回、何百回と彼のモノは口にしているが、このように屈辱的な状況では初めてだ。だが麻奈美は慣れたペニスを喉奥までしっかりと飲みこんだ。手錠をはめられ、放尿で汚された顔のまましゃぶらされ、その上性具で責められる……それでもなお、麻奈美は次第に興奮していくのがわかった。

ペニスはたちまち勃起して口いっぱいになった。岩下は麻奈美の唇をヴァギナに見立てたかのように、さかんに出し入れを繰り返していた。

「うっ、うぐっ」

あまり激しく擦るので、麻奈美は息苦しくなりむせそうになってしまった。

「しっかりくわえろ。お前の得意技じゃないか。あいつのモノも喜んでしゃぶったんだろ。何度も飲みこんだか？」

彼は麻奈美をののしりながら、手を伸ばしてバイブのスイッチをとらえた。かちっという音とともに振動音が激しくなり、いきなり中で旋回を始めた。

「ん、んぐ〜っ、んっ、んっ……」

その瞬間、麻奈美は体をびくんと震わせ、声にならない悲鳴をあげた。バスタブの縁にかかっている足の指は反り返り硬直していた。

「そろそろイクぞ」

突然、麻奈美の口からペニスがすぽんと抜けた。岩下は手でしごいて樹液を撒きながら、麻奈美の顔にペニスの先を擦りつけていった。粘つく液が麻奈美の顔をさらに汚した。

「……ひ、ひどいことを」

「しばらくこのままでいなさい。俺はベッドで休んでくるから」

「い、いやあっ……これ、抜いてよ。アソコが痺《しび》れておかしくなっちゃう」

「だめだ。大樹にでもはずしてもらうんだな。電話するなら携帯貸すぞ」

「お願いよ。もう二度と会わないって約束するから」

「当たり前だ」

麻奈美はザーメンの白い滴を長い睫《まつげ》の先につけたまま懇願《こんがん》したが、岩下はぷいとバスルームから出て行ってしまった。あとは振動音だけが低く妖《あや》しく響き続けていた。

この作品は書き下ろしです。原稿枚数315枚（400字詰め）。

GENTOSHA OUTLAW BUNKO

危険《きけん》な関係《かんけい》

女教師《おんなきょうし》

真藤怜《しんどうれい》

平成16年10月5日　初版発行
平成20年7月30日　2版発行

発行者——見城徹
発行所——株式会社幻冬舎
〒151-0051東京都渋谷区千駄ヶ谷4-9-7
電話　03(5411)6222(営業)
　　　03(5411)6211(編集)
振替00120-8-767643
印刷・製本—株式会社 光邦
装丁者——高橋雅之

幻冬舎アウトロー文庫

ISBN4-344-40582-X　C0193　O-58-4